m

———— 阅读之前 没有真相

午夜文库

阿加莎·克里斯蒂
侦探小说

阿加莎·克里斯蒂
Agatha Christie (1890—1976)

无可争议的侦探小说女王,侦探文学史上最伟大的作家之一。

阿加莎·克里斯蒂原名为阿加莎·玛丽·克拉丽莎·米勒,一八九〇年九月十五日生于英国德文郡托基的阿什菲尔德宅邸。她几乎没有接受过正规的教育,但酷爱阅读,尤其痴迷于歇洛克·福尔摩斯的故事。

第一次世界大战期间,阿加莎·克里斯蒂成了一名志愿者。战争结束后,她创作了自己的第一部侦探小说《斯泰尔斯庄园奇案》。几经周折,作品于一九二〇年正式出版,由此开启了克里斯蒂辉煌的创作生涯。一九二六年,《罗杰疑案》由哈珀柯林斯出版公司出版。这部作品一举奠定了阿加莎·克里斯蒂在侦探文学领域不可撼动的地位。之后,她又陆续出版了《东方快车谋杀案》《ABC谋杀案》《尼罗河上的惨案》《无人生还》《阳光下的罪恶》等脍炙人口的作品。时至今日,这些作品依然是世界侦探文学宝库里最宝贵的财富。根据她的小说改编而成的舞台剧《捕鼠器》,已经成为世界上公演场次最多的剧目;而在影视改编方面,《东方快车谋杀案》为英格丽·褒曼斩获奥斯卡大奖，《尼罗河上的惨案》更是成为几代人心目中的经典。

阿加莎·克里斯蒂的创作生涯持续了五十余年，总共创作了八十余部侦探小说。她的作品畅销全世界一百多个国家和地区，累计销量已经突破二十亿册。她创造的小胡子侦探波洛和老处女侦探马普尔小姐为读者津津乐道。阿加莎·克里斯蒂是柯南·道尔之后最伟大的侦探小说作家，是侦探文学黄金时代的开创者和集大成者。一九七一年，英国女王授予克里斯蒂爵士称号，以表彰其不朽的贡献。

一九七六年一月十二日，阿加莎·克里斯蒂逝世于英国牛津郡沃灵福德家中，被安葬于牛津郡的圣玛丽教堂墓园，享年八十五岁。

阿加莎·克里斯蒂 侦探作品年表

波洛系列

- 1920　The Mysterious Affair at Styles《斯泰尔斯庄园奇案》
- 1923　Murder on the Links《高尔夫球场命案》
- 1924　Poirot Investigates《首相绑架案》
- 1926　The Murder of Roger Ackroyd《罗杰疑案》
- 1927　The Big Four《四魔头》
- 1928　The Mystery of the Blue Train《蓝色列车之谜》
- 1932　Peril at End House《悬崖山庄奇案》
- 1933　Lord Edgware Dies《人性记录》
- 1934　Murder on the Orient Express《东方快车谋杀案》
- 1935　Three-Act Tragedy《三幕悲剧》
- 1935　Death in the Clouds《云中命案》
- 1936　The ABC Murders《ABC谋杀案》
- 1936　Murder in Mesopotamia《古墓之谜》
- 1936　Cards on the Table《底牌》
- 1937　Dumb Witness《沉默的证人》
- 1937　Death on the Nile《尼罗河上的惨案》
- 1937　Murder in the Mews《幽巷谋杀案》
- 1938　Appointment with Death《死亡约会》
- 1938　Hercule Poirot's Christmas《波洛圣诞探案记》
- 1940　Sad Cypress《H庄园的午餐》
- 1940　One, Two, Buckle My Shoe《牙医谋杀案》
- 1941　Evil Under the Sun《阳光下的罪恶》
- 1943　Five Little Pigs《五只小猪》
- 1946　The Hollow《空幻之屋》
- 1947　The Labours of Hercules《赫尔克里·波洛的丰功伟绩》
- 1948　Taken at the Flood《顺水推舟》
- 1952　Mrs. McGinty's Dead《清洁女工之死》
- 1953　After the Funeral《葬礼之后》
- 1955　Hickory Dickory Dock《山核桃大街谋杀案》
- 1956　Dead Man's Folly《弄假成真》
- 1959　Cat Among the Pigeons《鸽群中的猫》
- 1960　The Adventure of the Christmas Pudding《雪地上的女尸》

1963	The Clocks《怪钟疑案》
1966	Third Girl《第三个女郎》
1969	Hallowe'en Party《万圣节前夜的谋杀》
1972	Elephants Can Remember《大象的证词》
1974	Poirot's Early Stories《蒙面女人》
1975	Curtain—Poirot's Last Case《帷幕》

马普尔小姐系列

1930	The Murder at the Vicarage《寓所谜案》
1932	The Thirteen Problems《死亡草》
1942	The Body in the Library《藏书室女尸之谜》
1943	The Moving Finger《魔手》
1950	A Murder Is Announced《谋杀启事》
1952	They Do It with Mirrors《借镜杀人》
1953	A Pocket Full of Rye《黑麦奇案》
1957	4.50 from Paddington《命案目睹记》
1962	The Mirror Crack'd from Side to side《破镜谋杀案》
1964	A Caribbean Mystery《加勒比海之谜》
1965	At Bertram's Hotel《伯特伦旅馆》
1971	Nemesis《复仇女神》
1976	Sleeping Murder《沉睡谋杀案》
1979	Miss Marple's Final Cases《马普尔小姐最后的案件》

其他系列及非系列

1922	The Secret Adversary《暗藏杀机》
1924	The Man in the Brown Suit《褐衣男子》
1925	The Secret of Chimneys《烟囱别墅之谜》
1929	Partners in Crime《犯罪团伙》
1929	The Seven Dials Mystery《七面钟之谜》
1930	The Mysterious Mr. Quin《神秘的奎因先生》
1931	The Sittaford Mystery《斯塔福特疑案》
1933	The Witness for the Prosecution and Other Stories《控方证人》
1934	Why Didn't They Ask Evans?《悬崖上的谋杀》

阿加莎·克里斯蒂 侦探作品年表

年份	作品
1934	The Listerdale Mystery 《金色的机遇》
1934	Parker Pyne Investigates 《惊险的浪漫》
1939	Murder Is Easy 《逆我者亡》
1939	And Then There Were None 《无人生还》
1941	N or M? 《桑苏西来客》
1944	Towards Zero 《零点》
1945	Sparkling Cyanide 《闪光的氰化物》
1945	Death Comes as the End 《死亡终局》
1949	Crooked House 《怪屋》
1950	Three Blind Mice and Other Stories 《三只瞎老鼠》
1951	They Came to Baghdad 《他们来到巴格达》
1954	Destination Unknown 《地狱之旅》
1958	Ordeal by Innocence 《奉命谋杀》
1961	The Pale Horse 《灰马酒店》
1967	Endless Night 《长夜》
1968	By the Pricking of My Thumbs 《煦阳岭的疑云》
1970	Passenger to Frankfurt 《天涯过客》
1973	Postern of Fate 《命运之门》
1991	Problem at Pollensa Bay 《神秘的第三者》
1997	While the Light Lasts 《灯火阑珊》

出版前言

纵观世界侦探文学一百七十余年的历史，如果说有谁已经超脱了这一类型文学的类型化束缚，恐怕我们只能想起两个名字——一个是虚构的人物歇洛克·福尔摩斯，而另一个便是真实的作家阿加莎·克里斯蒂。

阿加莎·克里斯蒂以她个人独特的魅力创造着侦探文学史上无数的传奇：她的创作生涯长达五十余年，一生撰写了八十余部侦探小说；她开创了侦探小说史上最著名的"黄金时代"；她让阅读从贵族走入家庭，渗透到每个人的生活中；她的作品被翻译成一百多种文字，畅销全球一百五十余个国家，作品销量与《圣经》《莎士比亚戏剧集》同列世界畅销书前三名；她的《罗杰疑案》《无人生还》《东方快车谋杀案》《尼罗河上的惨案》都是侦探小说史上的经典；她是侦探小说女王，因在侦探小说领域的独特贡献而被册封为爵士；她是侦探小说的符号和象征。她本身就是传奇。沏一杯红茶，配一张躺椅，在暖暖的阳光下读阿加莎的小说是一种生活方式，是惬意的享受，也是一种态度。

午夜文库成立之初就试图引进阿加莎的作品，但几次都与版权擦肩而过。随着午夜文库的专业化和影响力日益增强，阿加莎·克里斯蒂的版权继承人和哈珀柯林斯出版公司主动要求将版权独家授予新星出版社，并将阿加莎系列侦探小说并入午夜文库。这是对我们长期以来执着于侦探小说出版的褒奖，是对我们的信任与鼓励，更是一种压力和责任。

新版阿加莎·克里斯蒂作品由专业的侦探小说翻译家以最权威的英文版本为底本，全新翻译，并加入双语作品年表和阿加莎·克里斯蒂家族独家授权的照片、手稿等资料，力求全景展现"侦探女王"的风采与魅力。使读者不仅欣赏到作家的巧妙构思、离奇桥段和睿智语言，而且能体味到浓郁的英伦风情。

阿加莎作品的出版是一项系统工程，规模庞大，我们将努力使之臻于完美。或存在疏漏之处，欢迎方家指正。

新星出版社
午夜文库编辑部

Agatha Christie

Over the next few years, we plan to celebrate two very important Agatha Christie anniversaries. In 2015, it is the 125th anniversary of her birth in Torquay, South Devon, England, and in 2020 it will be 100 years after her first book, THE MYSTERIOUS AFFAIR AT STYLES, featuring her famous detective, Hercule Poirot, was published. This is therefore a very appropriate moment to publish a new edition of her works, and I am delighted that HarperCollins has chosen to work with New Star on these new editions. New Star is China's top crime publisher, and has a strong and dedicated editorial staff and a continued passion for Agatha Christie, making them the ideal partner. It is the right time to make these classic books available in modern translations and so to bring Agatha Christie's books anew to her many fans in China, giving them a new reason to re-read these much-loved stories, as well as introducing them to a whole new audience. How delighted Agatha Christie would have been that her stories (as she called them) are still giving so much pleasure to so many people all over the world!

I think there are two very remarkable things about Agatha Christie's stories. The first is that they are so adaptable. It doesn't really matter which language they appear in, the stories and the plots still give the same thrill, still provide the same puzzles, and the characters still have the same attraction. Readers in China will I am sure enjoy Hercule Poirot and Miss Marple just as much as we do in England, and readers in China will still be transfixed by the surprises and horrors of AND THEN THERE WERE NONE, one of the great classics of 20th century detective fiction, as we are here.

Agatha Christie

The second is that the stories give a wonderful picture of England, particularly rural England, at the time Agatha Christie lived. She wrote books from 1920 until 1970 but it is sometimes hard to tell which part of her life each book was written in. Her characters and the life they lived were very much the same. The life we all live is changing very quickly these days but the Agatha Christie world stays the same. Perhaps the Miss Marple stories provide the best example of this, and in some ways, THE BODY IN THE LIBRARY and NEMESIS are quite similar, despite the fact that thirty years elapsed between the time they were written.

Perhaps I might end by mentioning three Agatha Christies (other than the ones mentioned above) which I think demonstrate why she is so popular, even in the twenty-first century. The first is MURDER ON THE ORIENT EXPRESS, one of the most famous with one of the most ingenious and human plots. Read this on one of your long train journeys in China! Next is A MURDER IS ANNOUNCED, a Miss Marple which was her 50th book. It has my favourite murderer in it! And last is ENDLESS NIGHT — a story about evil and how it affects three young people, written at the time when I knew her best, and understood how deeply she cared and sympathised with young people and the world they lived in.

Whichever are your favourites I hope you enjoy these stories that New Star are introducing to you again. I think it is a great publishing event.

Mathew
Grandson of Agatha Christie
Chairman of Agatha Christie Ltd

致中国读者

(午夜文库版阿加莎·克里斯蒂作品集序)

在未来的几年中,我们将要筹备两个非常重要的关于阿加莎·克里斯蒂的纪念日。二〇一五年是她的一百二十五岁生日——她于一八九〇年出生于英国的托基市;二〇二〇年则是她的处女作《斯泰尔斯庄园奇案》问世一百周年的日子,她笔下最著名的侦探赫尔克里·波洛就是在这本书中首次登场。因此,新星出版社为中国读者们推出全新版本的克里斯蒂作品正是恰逢其时,而且我很高兴哈珀柯林斯选择了新星来出版这一全新版本。新星出版社是中国最好的侦探小说出版机构,拥有强大而且专业的编辑团队,并且对阿加莎·克里斯蒂的作品极有热情,这使得他们成为我们最理想的合作伙伴。如今正是一个良机,可以将这些经典作品重新翻译为更现代、更权威的版本,带给她的中国书迷,让大家有理由重温这些备受喜爱的故事,同时也可以将它们介绍给新的读者。如果阿加莎·克里斯蒂知道她的小故事们(她这样称呼自己的这些作品)仍然能给世界上这么多人带来如此巨大的阅读享受,该有多么高兴啊!

我认为阿加莎·克里斯蒂的作品有两个非常重要的特征。首先它们是非常易于理解的。无论以哪种语言呈现,故事和情节都同样惊险刺激,呈现给读者的谜团都同样精彩,而书中人物的魅力也丝毫不受影响。我完全可以肯定,中国的读者能够像我们英国人一样充分享受赫尔克里·波洛和马普尔小姐带来的乐趣;中国读者也会和我们一样，读到二十世纪最伟大的侦探经典作品——比如《无人生还》——的时候，被震惊和恐惧牢牢钉在原地。

　　第二个特征是这些故事给我们展开了一幅英格兰的精彩画卷，特别是阿加莎·克里斯蒂那个年代的英国乡村。她的作品写于二十世纪二十年代至七十年代间，不过有时候很难说清楚每一本书是在她人生中的哪一段日子里写下的。她笔下的人物，以及他们的生活，多多少少都有些相似。如今，我们的生活瞬息万变，但"阿加莎·克里斯蒂的世界"依旧永恒。也许马普尔小姐的故事提供了最好的范例：《藏书室女尸之谜》与《复仇女神》看起来颇为相似，但实际上它们的创作年代竟然相差了三十年。

　　最后，我想提三本书，在我心目中（除了上面提过的几本之外）这几本最能说明克里斯蒂为什么能够一直受到大家的喜爱。首先是《东方快车谋杀案》，最著名，也是最机智巧妙、最有人性的一本。当你在中国乘火车长途旅行时，不妨拿出来读读吧！第二本是《谋杀启事》，一个马普尔小姐系列的故事，也是克里斯蒂的第五十本著作。这本书里的诡计是我个人最喜欢的。最后是《长夜》，一个关于邪恶如何影响三个年轻人生活的故事。这本书的写作时间正是我最了解她的时候。我能体会到她对年轻人以及他们生活的世界关心至深。

　　现在新星出版社重新将这些故事奉献给了读者。无论你最爱的是哪一本，我都希望你能感受到这份快乐。我相信这是出版界的一件盛事。

阿加莎·克里斯蒂外孙

阿加莎·克里斯蒂有限责任公司董事长

马修·普理查德

二〇一三年二月二十日

阿加莎·克里斯蒂侦探小说全集㊱
逆我者亡
Murder is Easy

[英]阿加莎·克里斯蒂 著
聂婷 译

新 星 出 版 社　NEW STAR PRESS

献给罗莎琳德和苏珊,这本书首次的评论家①

---
①罗莎琳德是阿加莎·克里斯蒂的女儿,苏珊是其女儿的密友。

目 录

1	第一章　旅伴
9	第二章　讣告
16	第三章　没有扫帚的巫婆
23	第四章　开始调查
33	第五章　拜访韦恩弗特利小姐
45	第六章　帽漆
53	第七章　嫌疑人
57	第八章　托马斯医生
64	第九章　皮尔斯女士如是说
70	第十章　罗丝·亨伯比
80	第十一章　霍顿少校的家庭生活
89	第十二章　交锋
100	第十三章　韦恩弗特利小姐如是说
110	第十四章　卢克的分析
122	第十五章　司机的不当之举
132	第十六章　菠萝
140	第十七章　惠特菲尔德爵士如是说
147	第十八章　伦敦拜访
153	第十九章　取消婚约
160	第二十章　同心协力
167	第二十一章　为何你戴着手套穿过田野
181	第二十二章　亨伯比太太如是说
187	第二十三章　新的开端

第一章　旅伴

英格兰！终于又见到了阔别已久的英格兰！

他会喜欢这里吗？卢克·菲茨威廉由踏板跨上码头时自问着。在海关等候入境的时候，这个问题还潜藏在他的脑海深处，可是当他最后坐上登船专列时，它又突然冒了出来。

在英格兰的休假于他来说可是件大事，现在他拥有足够的退休金（足够他做任何事！）像他一样的老朋友们届时会登门拜访——尽管他知道，这种无忧无虑的气氛不会持续太久，但是只要尽情享受就够了！因为很快就会回去了。

但是现在，回去的事可不是他要操心的问题。现在，这里不再有热到让人窒息的夜晚，不再有热到令人眩晕的太阳和富饶的热带水果，不再有寂寞到只能反复阅读的《泰晤士报》。

现在的他领着体面的退休金且有着足够积蓄，算得上是个悠闲、衣锦还乡的老绅士。他将来打算做什么呢？

英格兰！六月这天的英格兰，天空灰蒙黯淡，寒风瑟瑟。没有什么天气比今天看上去更不令人欢迎的了。还有那些人们，那些面带焦虑和脸色灰暗得像那天的天空一样的人们！房子也是如此，到处长满了菌菇。一排排脏兮兮的小房子！令人讨厌的小房子！大大小小的鸡笼占据了整个乡下！

卢克·菲茨威廉努力把视线从车厢窗外的风景收回，随手浏览起刚买的《泰晤士报》《克里昂日报》和《笨拙》周刊。

他从《克里昂日报》看起，整版全是有关埃普索姆镇①的消息。

卢克心想：自从我十九岁以后就再也没有看过赛马。我们最大的遗憾就是没有好好在过去抓住机会。

他曾给其中的一匹马下了注，想看看《克里昂日报》的赛马记者如何评论那匹马的获胜机会。结果发现记者对它不屑一顾，报上评论道："至于其他马匹，如裘裘比二世、马克·迈尔、桑托尼和杰瑞小子，都很难赢得一席之地。此外，还有一匹获胜概率不大的赛马是……"

然而卢克对这匹赛马缺乏兴趣，他把目光转向了赌注赔率，裘裘比二世是四十比一。他看了看表，差一刻四点。

"嗯，"他想，"比赛该结束了。"要是当初自己把赌注押在获胜希望第二大的克拉里戈尔德身上该有多好啊。接着，他打开《泰晤士报》，专心看起比较重要的新闻。足足过了半个小时，列车放慢了车速，最终停了下来。卢克向窗外看去，偌大的车站，纵然有许多月台却依旧显得空荡荡的。他看到月台附近有个书报摊，上面贴着一张海报："德比赛马成绩揭晓"。卢克打开车门，向外一跳，便跑向书报摊。过了一会儿，他看着报纸最新消息栏上几行模糊的字笑得合不拢嘴。

德比赛马成绩如下：

  裘裘比二世

  梅泽帕

---

①埃普索姆镇，英格兰东南部的城镇，以其矿泉和每年举行的大赛马闻名于世。

克拉里戈尔德

这下可把卢克高兴坏了。赢了一百英镑可以随便花呢！裘裘比二世真是好样的，那些搞赛马的情报贩子压根儿就没有想到它会赢。

他把报纸折好，仍然笑逐颜开，可是等他转过身来一瞧，列车却不见了。就在他为裘裘比二世获胜而欣喜若狂时，列车早已不知不觉地开走了。

"那班该死的列车究竟是什么时候开走的？"他抓住一个愁眉苦脸的搬运工问。

"什么列车？三点十四分之后，这里就没有停过列车。"

"这里刚才还停着一班列车呢，我就是从那上面下来的，是登船专列。"

"登船专列直达伦敦，中途是不会停的。"

"可是它刚刚就停在这里了，"卢克笃定地说，"我就是从车上下来的。"

事实摆在眼前，搬运工便不再坚持己见。"你本不应该下车的，"他语带责备地说，"那班列车通常不在这一站停。"

"但刚刚它确实停了。"

"那是因为信号要求，临时停车，不是你所说的'停'。你不应该下车。"

"我承认，"卢克说，"生米已经煮成熟饭了。我只想请教一下，以你在铁路公司工作的经验来看，我该怎么办？"

"依我看，"搬运工说，"你最好搭四点二十五分那班列车走。"

"要是四点二十五分的那班车是去伦敦的，"卢克说，"我就搭那班车。"

向搬运工再三确认之后,卢克就在站台附近随意走走。一个大标志牌示意他,目前他正位于通往阿什威奇伍德的芬尼克莱顿枢纽站。不一会儿,一辆单节列车在老式小引擎喷烟的推动下,缓缓地停了下来。开往伦敦的列车终于大驾光临。卢克仔细查看了车上的每个隔间。第一间是吸烟室,里面一位军人模样的绅士正抽着雪茄。他走向第二间,里面是一位面带倦色、颇有教养的年轻小姐,可能是位家庭教师,还有一个三岁左右的活泼男孩。卢克又快步往前走,下一间的门开着,只有一位上了年纪的女士。看到她,卢克不禁想起了他的米尔德丽德姑姑。十岁时,米尔德丽德姑姑曾纵容他养过一条草蛇。她确实是一个好姑姑。于是卢克走进去,坐了下来。

五分钟左右之后,牛奶车、行李车上的喧嚣忙乱渐息,列车缓缓地驶出了车站。卢克打开报纸,看了看那些他感兴趣而早报却没有登载的新闻。他知道自己看不了多久,家里的那些姑姑们早就让他体会到,对面那位和蔼可亲的老太太,绝不会安安静静地一路坐到伦敦。他果然没有猜错——老太太一会儿调整一下窗户,一会儿扶起倒下的雨伞,一会儿又夸一夸这班列车是多么多么的好。"只要一小时十分钟,真是不错。你知道,这实在好极了,比早上那班车好多了,那班车要花上一小时四十分才能到呢,"她又说,"当然,大家几乎都搭早上的那班车。我的意思是,坐早班车能享受特别优惠,何苦破费坐下午这班车呢。我本来也想搭早班车,可是偏偏那时'老呸'不见了——我是指我的那只波斯猫,出落得可漂亮了,只是它最近老是耳朵疼——我当然得先找到它才能出门。"

卢克低声说:"当然。"又装模作样地看起报纸来。可是这没有用,老太太仍然滔滔不绝地说:"所以我也只能勉为其难,改搭下午这班车。不过话说回来,这样也不错,没那么拥挤,但坐头等车厢自然又另当别论。当然,我通常不会这样,但这次我实在很着急,你知道,我要去办一件很重要的事,而且我还得好好想一想我要说些什么。你知道,就是让我一个人安安静静地想。"卢克强忍着笑意。"所以我想,若是仅此一次的话,这回多花一点钱也还情有可原。当然,"她瞥了卢克那古铜色的面孔一眼,迅速地说,"我知道休假的军人一定会坐头等车厢。我是说,对你们军人来说,这是顺理成章的事。"

那双明亮闪烁的眼睛向卢克投来了好奇的目光,卢克只抵挡了片刻便又放弃。他知道,最后还得谈到这件事。

"我不是军人。"他说。

"噢,对不起,我不是说……我只是看你的肤色很深,大概是从东部回来休假的吧?"

"我是从东部回来的,"卢克说,"但不是休假。"为了避免对方进一步询问,他直言不讳:"我是警察。"

"警察?那真是太有意思了。我有个好朋友的儿子刚刚加入巴勒斯坦警队。"

"我在马扬海峡。"卢克直截了当地说。

"噢,天啊,多么有意思呀。真是太巧了,我是说没想到你居然和我坐同一节车厢。因为你知道,我要去城里办的事就是关于——老实说,我正要去苏格兰场。"

"是吗?"卢克说。

老太太又高兴地说:"是啊,我本想今天早上去的,可是后来,正如我刚才所说,我很担心'老呸',所以只好改搭下午的列车。你觉得我不会去得太晚,对吧?我是说,苏格兰场没有特别规定的工作时间吧?"

"我想他们不会在四点左右就下班。"卢克说。

"是啊,他们当然不会,对不对?我想任何时候都可能有人要向他们举报大案子,对吧?"

"确实如此。"卢克说。

老太太沉默了一会儿,神情忧虑地说:"我一直觉得这事最好能追根究底,有话直说。约翰·里德——就是我们阿什威奇伍德的警察,他是个好人,说话彬彬有礼,待人和蔼亲切。可是你知道,我觉得他不适合处理那些真正重大的案件。他能妥当地处理酗酒闹事、驾车超速、不按规定时间开灯、无证养狗、甚至盗窃。可是我觉得,我敢说他破不了谋杀案!"

"谋杀案?"卢克皱了一下眉头说。

老太太用力点了点头。"是啊,谋杀案。看得出来,你也觉得意外吧。起初我和你一样难以置信,还以为是自己在胡思乱想。"

"你敢确定自己没有胡思乱想?"卢克礼貌地问。

"嗯,没有。"她肯定地摇了摇头,"第一次或许是,但是第二次、第三次、第四次就绝对不是了。从那以后,我就肯定了。"

卢克说:"你是说已经发生了——呃——好几起谋杀案?"

她用平静温和的声音答道:"恐怕已经发生很多起了。"她接着说,"所以我觉得最好是直接向苏格兰场报案。你不觉得这个办法最好吗?"

卢克若有所思地看着她,然后说:"嗯,是的,我想你是对的。"

他自忖:"那儿的警察知道如何应付她。也许以后每个星期都会有几个这样的老太太到苏格兰场来絮叨着发生在她们宁静、优美村庄里的谋杀案。苏格兰场或许有专门的部门处理这种情况。"

那个温和柔细的声音把卢克从沉思中唤醒："你知道，我记得以前在报纸上看到过这种案子，我想是艾伯康比案吧。当然，他是在毒死好多人后，才叫别人起疑心的……刚才我说到哪儿了？噢，对了，有人说有一种眼神，用那种特别的眼神看人一眼，被看的那个人不久后就会生病。本来我并不相信有这种事，但现在发现这是真的。"

"什么是真的？"

"那个人看别人的眼神。"

卢克紧盯着她，她颤抖了一下，漂亮的粉颊也失去了原有的红润。"最初艾米·吉布斯被那种眼神瞧过，不久便死了。接着是卡特，还有汤米·皮尔斯。可是现在，就在昨天，又轮到了亨伯比医生，他是个大好人，一个实实在在的好人。当然，卡特是个酒鬼，汤米·皮尔斯是个莽撞无礼的淘气包，常常欺负别的小男孩，对他们又拧又掐。所以我对他们的死都不怎么难过，可是亨伯比医生就不一样了，他可不能死啊。问题是，即便我去告诉他这件事，他也绝对不会相信我！一定会放声大笑！约翰·里德也不会相信我，可是苏格兰场就不同了，因为这种事他们早就司空见惯了！"她看了看窗外。"噢，马上就要到了。"她有些忙乱地开合着手提包，收起雨伞。"和你聊天我觉得轻松多了，你一定是个好人，很高兴你认为我做得对。"

卢克和善地说："苏格兰场的人一定会提供有用的意见。"

"真的太感谢你了，"她笨拙地在手提包里摸索了一会儿，"这是我的名片，噢，天啊，我只带了一张，我得把它留给苏格兰场。"

"当然，当然。"

"不过，可以告诉你，我姓平克顿。"

"平克顿小姐，"卢克微笑着说，"我叫卢克·菲茨威廉。"列车驶进站台后，他又开口问："我帮你叫辆出租车吧？"

"噢，不用了，谢谢。"平克顿小姐似乎对这个想法感到意外。"我搭地铁去就可以了。坐到特拉法加广场后，沿着怀特霍尔街走就行了。"

"好，祝你好运。"卢克说。

平克顿小姐热情地和他握了握手。"你人真好，"她又喃喃低语，"你知道，开始我还以为你不会相信我呢。"

卢克不禁赧颜道："是啊，发生了那么多命案！杀了这么多人竟然没有受到法律的制裁，真是不容易，对吧？"

平克顿小姐摇了摇头，认真地说："不，不对，好孩子，这你就错了。杀人并不难，只要没有人怀疑你就行了。你知道，我说的那个人恰恰就是任何人都不会怀疑的人。"

"好吧，无论如何，祝你好运。"卢克说。

平克顿小姐消失在茫茫人海中。他也转身去找自己的行李，一边走一边想："这老太太有点古怪。不，我想不是这样，她只是想象力丰富了些罢了。希望他们不要让她太过失望，她实在是一个可爱的老太太呀。"

第二章 讣告

吉米·洛里默是卢克的老朋友，卢克一到伦敦，便理所当然地住到了吉米家。当天晚上，他们一起外出消遣。第二天早晨，卢克喝着吉米泡好的咖啡，感觉头疼欲裂。吉米叫了他两声都没有回应，因为他正专心地看着晨报上一则不起眼的新闻。

等他猛然意识到吉米在叫他时，才说："对不起，吉米。"

"看什么那么入迷呢，政治局势？"

卢克咧嘴笑了笑。"当然不是。不过这件事有点奇怪，昨天和我坐同一辆列车来的老太太被车撞死了。"

"可能是太信任贝利沙灯标①了，"吉米说，"你怎么知道是她？"

"当然，也许不是她。可是她们的姓氏相同——平克顿。她正要穿过白厅街时，被一辆汽车撞死了，车子没有停下来。"

"开车的那个人一定会有报应的。可是真要定罪的话，恐怕只能算过失杀人。告诉你，这年头我开车怕得要命。"

"你现在开的是什么车？"

"福特V8。告诉你，老弟——"

接下来的谈话变得非常专业。

---

①贝利沙灯标（Belisha Beacon），外形是黑白相间的标杆，顶部有一个黄色的球形灯，1934年被英国交通大臣贝利沙用作人行横道指示灯，以防道路上发生恶性车祸。

一个多星期后，卢克正漫不经心地浏览《泰晤士报》上的头版新闻，忽然惊叫了一声："天哪！"

吉米·洛里默抬头问道："怎么了？"

卢克抬起头看着他的朋友，脸上露出十分奇异的表情。吉米不禁吓了一跳，忙问："发生什么事了，卢克？你好像见鬼了似的。"

过了一两分钟，卢克都没有回答。他扔下手中的报纸，在屋里迈着大步踱来踱去。吉米愈发惊讶地看着他。卢克一屁股坐进椅子里，探身向前对他说："吉米老伙计，你记不记得我说过，我回英格兰那天和一位老太太同车？"

"就是你说让你想起米尔德丽德姑姑的那个老太太？后来被车子撞死的那个？"

"就是她。听我说，吉米，那位老太太跟我说了一大堆话，说她为什么要去苏格兰场报告一连串杀人案。她说她住的村子里有个随心所欲的杀人犯，而且他很快又打算再杀一个人。"

"你没说她很古怪。"吉米说。

"我觉得她不像在说疯话。她说得很详细，提到了一两个被害者的名字，又说她最焦虑不安的一件事，就是她知道下一个被害者是谁。"

"是吗？"吉米鼓励他说下去。

"重要的是，那个人的名字叫亨伯比——亨伯比医生。那位老太太说，亨伯比医生将会是下一个被害者，她感到非常难过，因为他实在是'一个大好人'。"

"嗯？"吉米说。

"你看这个。"卢克把报纸递过去，同时指着讣告栏中一则讣闻：

先夫医学博士约翰·爱德华·亨伯比不幸于六月十二日在阿什威奇伍德邸宅桑盖特溘然长逝。谨定于周五举行葬礼，花篮、花圈恳辞。

未亡人杰西·罗丝·亨伯比顿首

"看到了吧？吉米。姓名和地点都一致，而且他还是个医生。你怎么看呢？"

吉米沉思了一两分钟，然后严肃而迟疑地说："我想这只是个鬼扯的巧合吧。"

卢克突然转身说："万一那个可怜的老太太说的全是真的怎么办？万一那个不可思议的故事是个不折不扣的事实怎么办？"

"噢，算了，老伙计。那未免太玄乎了，那种事情不会发生的。"

"你怎么知道？这种事也许远比你想象的多得多。"

"你那套警察的口气又来了！难道你连退休了都忘不了自己是一个警察吗？"

"我觉得，一日为警察，终生不渝。"卢克说，"听我说，吉米，事情是这样的：我听过一个故事，一个不可思议、但又不无可能的事。现在亨伯比医生的死就是证据，可以证实这个故事的真实性。还有一件很重要的事，平克顿小姐要去苏格兰场报告她这个天方夜谭般的故事，可还没有到那儿，就被一辆汽车压死。随后，车主驾车逃之夭夭。"

吉米反驳道："你怎么知道她还没到苏格兰场？也许她是在回来的路上被压死的，并不是在此之前。"

"有可能，不过我不这么想。"

"那只是你的猜测。归根结底，你相信这出耸人听闻的戏就是了。"

卢克用力摇摇头,"不,我没有这么说,我只是觉得这件事需要好好调查一下。"

"换句话说,你要去苏格兰场?"

"不,目前还远没到那种地步。正如你所说的,这个叫亨伯比的人的死也许只是个巧合。"

"那么请问,你有什么打算?"

"我要亲自去那儿调查看看。"

"你真的打算去?"

"你不觉得从那儿入手是唯一且明智的方法吗?"

吉米盯着他,然后说:"你是来真的,卢克?"

"一点不假。"

"万一这一切全都是假的呢?"

"那再好不过了。"

"对,那当然,"吉米皱了皱眉说,"可是你不这么想,对吗?"

"亲爱的老兄,我可没有什么成见。"

吉米沉默了一两分钟,然后说:"你有什么计划?我是说你突然到那个地方去,总得有个理由才行。"

"嗯,我想我会有的。"

"别光是'想',你难道不知道咱们英国的乡村小镇是什么样子吗?任何陌生人都太扎眼了!"

"那我只好乔装打扮一番了,"卢克忽然笑道,"有什么建议吗?扮成画家?不太可能,我连素描都不上手,更不用说油画了。"

吉米说:"慢着,把那张报纸再给我看一下。"他接过报纸，草草看了一眼之后，用胜利的口气说，"我刚才怎么没有想到！卢克，老伙计，简单地说，一切包在我身上！这事儿易如反掌！"

卢克转身说："什么？"

吉米小小得意地接着说："我恰巧想起来！阿什威奇伍德！一点都没错！就是那个地方！"

"你是不是碰巧有朋友认识当地的验尸官？"

"这回不是，是个更好的消息，老伙计。你知道，上帝赐给我很多姑姑和堂、表兄弟姐妹，因为我父亲就生长在一个有十三个兄弟姐妹的大家庭。现在你可听清楚了：我有个表亲在阿什威奇伍德。"

"吉米，你真是太了不起了！"

"还不错，对吗？"

"快跟我说说他的情况。"

"是'她'。她名叫布丽吉特·康威。过去两年里，她是惠特菲尔德爵士的秘书。"

"就是那个黄色下流小周刊的老板？"

"对，他本身就是个讨厌鬼，傲慢自大！他出生在阿什威奇伍德，是个势利小人，老是追着旁人说他的出身和教养，对自己的白手起家深感骄傲。发达之后，他回到家乡，买下当地唯一的大宅——那本来是布丽吉特家的，现在忙着把它整修成一个'模范庄园'。"

"你表妹是他的秘书？"

"过去是！"吉米黯然地说，"现在她又高升了！已经和他订婚了！"

"噢！"卢克感到相当意外。

"当然,他是个不错的结婚对象,"吉米说,"富得流油。布丽吉特以前被一个家伙甩了,所以她对爱情已经不抱什么幻想。我敢说这桩婚事会有好结果的。她应该会把握好对他的态度,松弛有道,而他也会被吃定。"

"那我该扮演什么角色呢?"

吉米立刻答道:"你去那边住下,假装是她另外一个表哥。反正布丽吉特已经有很多表哥,多一个少一个也无所谓。我会先跟她说好,她和我的交情向来不错。至于你去那的理由嘛——为了巫术,老伙计。"

"巫术?"

"民间传说、当地迷信——反正就是那些东西。阿什威奇伍德在这方面相当有名。是最后保留女巫半夜集会的几个地方之一,直到上个世纪末,还有烧死女巫的事和各种各样的传统。你正在写一本书,明白吗?研究马扬海峡和旧英国民俗之间的关系和相似点之类的。就是你知道的那些事儿。带上笔记本,拜访一些老人家,向他们请教当地迷信和风俗习惯,他们对这种事已经司空见惯了。要是你住在阿什庄园,就等于有了身份证明。"

"惠特菲尔德爵士会怎么想呢?"

"没问题,他没受过什么教育,很容易蒙过去——实际上他相信从自己小报上看到的一切。总而言之,布丽吉特会打发他的。布丽吉特那儿没问题,我敢打保票。"

卢克深深吸一口气,说道:"吉米老兄,看起来这件事好像没那么难办。你真是神了。要是你能替我解决好你表妹那边——"

"绝对没问题,交给我好了。"

"感激不尽!"

吉米说："我只有一个要求，要是你真能把杀人犯捉拿归案的话，一定要把整个故事说给我听。"随即他又尖声问道："怎么了？"

卢克缓缓地说："我只是想到那位老太太跟我说过的一句话，我说如果想杀掉好几个人却不受法律制裁，实在太难了。她说我错了，杀人并不困难。"他顿了顿，才缓缓地说，"我在想这是不是真的，吉米？我想知道是不是——"

"什么？"

"杀人不难。"

第三章 没有扫帚的巫婆

时值六月，明艳的阳光普照大地，卢克驱车翻过山坡，来到了小小的阿什威奇伍德。此时的乡村小镇静谧无邪地沐浴在阳光下，唯一的主要街道沿着阿什山脉的边缘蜿蜒伸展。看起来仿佛远离尘嚣，不受庸扰。卢克想：也许我疯了，这整件事都只是我的幻想。

他驾车缓缓地沿着弯曲的道路驶入那条大街。如前所述，威奇伍德只有一条主要街道，街上有些商店和乔治亚式①的小房舍，整齐而有贵族气派，门前是洁白的阶梯，门上的门环亮闪闪的；此外还有几处带花园的别致农舍。离大街稍远处，有一家叫"贝尔斯—莫特利"的小旅馆。村中有一片青草地和一个养鸭池，卢克起初以为上面那幢高雅的乔治亚式建筑就是他的目的地"阿什庄园"。但是走近一看门上的漆字招牌，才知道是"博物馆和图书馆"。再过去一些，有一幢巨大的白色现代建筑，和村中其他地方那种愉悦随和的气氛格格不入。卢克猜想那大概是当地的学校兼青年俱乐部。就在这时，他停车问了问路。

路人告诉他，阿什庄园大概还有半英里远，到时能看见大门在他的右手边。卢克继续向前行驶，很轻松便找到了庄园大门，

---

① 乔治亚式建筑，是指1720年至1840年之间，在大多数英语系国家出现的建筑风格。

是一扇崭新精致的铁门。他驶进门内,瞥见树丛后的红砖房子。等他转到正面时,不禁被映入眼帘的那一座惊人而不谐调的城堡形建筑怔住了。

正当他仔细思忖着可怕的命案的时候,太阳躲进了云里。他突然意识到阿什山脉的影响力。一阵狂风迎面袭来,吹得树叶哗哗作响。这时,一位女子从城堡形房子的转角走过来,大风把她的黑发吹起,卢克忽然想起他看过的一幅画——尼文森[①]的《女巫》。那张苍白、姣好的长脸,那头直冲星空的黑发,卢克几乎可以想象出她骑着扫帚飞向月亮的情景。

她径直走向他,说:"想必你就是卢克·菲茨威廉,我是布丽吉特·康威。"

他握了握她伸过来的手,现在他可以看清她的真面目,而不是胡思乱想。高挑、苗条,精致的长脸蛋,略微凹下的面颊,带有讽刺意味的黑眉、黑眼和黑头发,他觉得她就像一幅精美的版画,深沉而美丽。

他说:"你好!很抱歉这样打扰你,不过吉米说你不会介意。"

"对,我们觉得很高兴。"她笑了笑,两边嘴角高高翘起弯成弧形,"吉米和我向来交情不错。如果你想写有关民俗的书,这个地方再好不过了。不仅有各种传说,也有不少如画的风景。"

"太好了。"卢克说。

他们一起走向屋子,卢克又悄悄打量了一下这座庄园。他

[①] 克里斯托夫·尼文森(Christopher Nevinson's, 1889–1946),英国画家,因一战题材的油画而闻名。

现在才看出，那原本是一幢朴素的安妮女王式建筑①，目前已经经过多次华丽的粉饰。他想起吉米说过，这幢房子原本是布丽吉特家的财产，那一定是加上这些粉饰之前。进屋之后，布丽吉特·康威带他走进一间有书架和舒适椅子的房间。窗口有张茶几，旁边坐了两个人。

她说："戈登，这是卢克，我的远房表哥。"

惠特菲尔德爵士身材矮小，头顶半秃，圆脸上露出坦诚的表情，嘴唇突出，眼睛像煮熟的醋栗似的。他穿着一套不甚考究的乡村衣服，与他那大腹便便的身材很不相称。他亲切地对卢克打招呼道："很高兴认识你，太高兴了。听说你刚从东部回来，那地方很有意思。布丽吉特告诉我，你打算写一本书。有人说这年头出的书实在太多了，不过，好书总会受人欢迎的。"

布丽吉特说："这是我姑姑，安斯特拉瑟太太。"卢克和那个不善言辞的中年女人握了握手。

卢克很快就知道，安斯特拉瑟太太全心全意地扑在园艺上面。寒暄过后，她就说："我相信这些石生玫瑰在这种气候里会长得很好。"然后又埋头看着手上的花卉目录。

惠特菲尔德爵士把矮胖的身躯靠在椅背上，一边小口抿茶，一边用欣赏的眼光打量着卢克。

"原来你是个作家。"他喃喃地道。

卢克觉得有点紧张，正想加以解释，却发现惠特菲尔德爵士并非真想知道什么。爵士志得意满地说："我也一直想亲自写一本书，可就是没有时间，我太忙了。"

---

① 安妮女王式建筑，对当时流传的所有建筑样式的装饰元素进行自由组合成为英国维多利亚时期建筑风格的代表，除大气恢宏的建筑立面外，常伴有精致塔楼、封闭式花园露台等，既形成了上层名流的私密空间，又增强了建筑的美学效果。

"当然，您一定很忙。"

"你不会相信我担负着多大的责任，"惠特菲尔德爵士说，"我对我的每一本刊物都很关心，我觉得自己对端正人心有着很大的责任。只要过一个礼拜，就有好几百万人会完全依照我的意思去思想和感觉。这可是很严肃的事，这就是责任。老实说，我不在乎责任，也不怕负责任，我总是负责任地做事。"

说完，爵士挺了挺胸，试图缩回肚子，然后和蔼地看看卢克。布丽吉特·康威轻轻地说："你真了不起，戈登。再喝杯茶吧。"

惠特菲尔德爵士简单地答道："我是个了不起的人。算了，我不喝了。"然后又从他高高在上的宝座俯瞰下面的凡尘，亲切地问客人道，"你在这附近有熟人吗？"

卢克摇了摇头，忽然想到自己越早开始工作越好，又说："不过我答应替别人去看一个人——朋友的朋友，他姓亨伯比，是个医生。"

"噢！"惠特菲尔德爵士努力坐直身子，说，"亨伯比医生？真可惜！"

"可惜什么？"

"一个星期前死了。"

"噢，天哪，"卢克说，"真遗憾。"

"我想你一定不会喜欢他，"惠特菲尔德爵士说，"顽固、讨厌、又昏庸的老蠢蛋。"

"换句话说，"布丽吉特插嘴道，"他和戈登意见相左。"

"是为了水源的问题，"惠特菲尔德爵士说，"不妨告诉你，菲茨威廉先生，我是个热心公益的人，对本地的公共福利非常关心。我出生在这里，不错，就是这个小镇。"

接着，他又向卢克详细说明了他的事业。最后好不容易才用胜利的口吻说："你知道我父亲从前店面的原址现在建了什么吗？我把它捐了出来，建了一座很棒的建筑——学校兼青年俱乐部。这是一座一流的、最新式的建筑，请的是全国最好的建筑师！我只能说他干得马马虎虎，我觉得它看起来就像贫济院或者监狱，可是别人都说不错，所以我想一定错不了。"

"振作点儿，"布丽吉特说，"这幢房子已经按照你的意思整修过了。"

惠特菲尔德爵士高兴地笑着说："对呀，他们连这个地方都想要我听他们的，要是建筑师不照我的意思做，我就换掉他，另找一个。最后终于找到一个完全明白我想法的家伙。"

"他帮你把那些胡思乱想发挥得淋漓尽致。"布丽吉特说。

"她本想让这个地方保持原来的样子。"惠特菲尔德爵士说着拍了拍她的手臂，"光是生活在回忆中是没用的，亲爱的。我一直盼望有一座城堡，现在终于有了！"

"嗯，"卢克觉得有些词穷，"能了解你的想法真是不错。"

对方笑着说："我通常想要什么，就有什么。"

"可是供水计划就几乎没按照你的意思。"布丽吉特提醒他。

"噢，那个！"惠特菲尔德爵士说，"亨伯比是个傻瓜。那些老头都顽固得很，不肯听别人讲道理。"

"亨伯比医生是个很坦率的人，不是吗？"卢克试探地说，"所以我猜他因此树敌不少。"

"不——不，我不知道该说什么，"惠特菲尔德爵士揉了揉鼻子，喃喃说，"呃，布丽吉特？"

"我一直觉得他很受欢迎，"布丽吉特说，"我只有那次脚踝受伤时见过他，不过我觉得他很和蔼可亲。"

"对呀,大体上说来,他还蛮受人欢迎的。"惠特菲尔德爵士承认道,"不过我知道有一两个人总是和他过不去。像这种地方,往往有很多争执和派系。"

"对,我想是的。"卢克说,同时犹豫了一下,拿不准下一步该怎么走,"这地方大部分住了些什么样的人?"

这个问题没有多大分量,可是他马上得到了答案。"大部分都是些未亡人,"布丽吉特说,"牧师的女儿、姊妹,或者妻子,还有些医生家的女眷。男女比例大约是一比六。"

"不过还是有一些男人的吧?"卢克冒险地问。

"噢,对,有艾伯特先生,是个律师;年轻的托马斯医生;亨伯比医生的合伙人;维克牧师还有什么人,戈登?噢,对了,埃尔斯沃思先生,是古董店老板,另外还有霍顿少校跟他那些牛头犬。"

"我记得我朋友还提到过其他人,"卢克说,"听说是位亲切的老太太,就是太健谈了。对了,我想起来了,平克顿。"

惠特菲尔德爵士咯咯笑了起来,嗓音中透着些嘶哑:"说真的,你太不走运了!她也死啦!那天在伦敦被车子撞倒,当场就死了。"

"这里好像死了不少人嘛。"卢克漫不经心地说。

惠特菲尔德爵士立刻生气地说:"才不是呢,这是全英国最健康的地方。意外死亡当然不算,任何人都可能发生意外!"

但布丽吉特·康威却若有所思地说:"事实上,戈登,过去这一年里真的死了不少人,老是在举行葬礼。"

"亲爱的,别胡说。"

卢克问:"亨伯比医生的死也是个意外吗?"

惠特菲尔德爵士摇了摇头,说:"噢,不是,他是得了败血症死的。当医生的经常碰到这种事，手指被生锈的钉子或者别的什么划破，没有留意，结果被细菌感染，三天后就死了。"

"医生大都这样，"布丽吉特说，"所以我想他们大概一不小心就很容易感染。真叫人难过，他的太太伤心透了。"

"违抗天意是没用的。"惠特菲尔德爵士轻松地说。

可这真是天意吗？卢克回房间换衣服的时候自问道。败血症？也许是真的，可是确实死得太突然了，而且他脑子里一直反复想着布丽吉特·康威的那句话："过去这一年里真的死了不少人。"

第四章 开始调查

第二天,卢克在下楼准备吃早餐的时候,心中已经大致拟好了工作计划,并准备付诸行动。园丁阿姨不在,惠特菲尔德爵士正在享用腰子和咖啡。布丽吉特吃完了早餐,站在窗边向外看着。与布丽吉特彼此道完"早安"后,卢克坐在他那盘丰盛的鸡蛋与培根前。

"我该开始工作了,"他说,"设法让人开口实在太难了。你知道我的意思,别人不像你——嗯——布丽吉特。"幸好他及时醒悟,没有喊出"康威小姐"。"你知道什么都会告诉我,但可惜你不知道我想知道的事——我指的是本地迷信。你几乎很难相信,在很多偏僻的地方还有许许多多的迷信。例如德文郡有个村落里的牧师,就不得不移开教堂边一些古老的巨型花岗岩纪念碑,因为当地居民每次举行葬礼就要绕着纪念碑行进。那些异教徒的古老仪式居然会留传下来,真是不可思议。"

"你是对的,"惠特菲尔德爵士说,"人们需要受到教育。我和你提到过我在这里建了一个非常棒的图书馆了吗?在老庄园的基础上建的,实在是太美了,现在是这里最好的图书馆之一……"

卢克坚定地结束了对话,说起惠特菲尔德爵士的所作所为。

"棒极了,"他由衷地说,"做得太好了,你意识到老旧观点是不好的，落后于这个社会了。当然，这只是我的观点。比如古老的习俗，荒诞的迷信，还有过时的仪式。"

接下来，他又谈了很多来此之前特地研读过的一本书的内容，最后下结论道："死亡是人们最常谈论的话题，葬礼和有关死亡的习俗，往往比任何其他习俗都留传得久远。而且不知道为什么，乡下人总是热衷于谈论死亡。"

"因为他们喜欢葬礼。"布丽吉特在窗边赞同道。

"我想我会从这一点着手，"卢克接着说，"要是我能知道这个教区里最近的死者名单，查出他们的亲戚是谁，跟他们谈谈，相信一定能找出一点头绪。我该向谁打听死者的信息呢？牧师吗？"

"维克先生也许会很感兴趣。"布丽吉特说，"他是个老好人，也很喜欢研究古文物。我想他能给你提供不少资料。"

有一小会儿卢克觉得很不安，希望那位牧师不要太厉害，对古物的了解太内行，免得他露出马脚。他大声地说："好的，我想你大概不太记得过去这一年里死了些什么人吧？"

布丽吉特喃喃道："我想想看。当然，有卡特，河边那家肮脏的七星酒店的店主。"

"嗜酒如命的无赖！"惠特菲尔德爵士说，"一个社会主义者，满嘴脏话的混蛋！死得好！"

布丽吉特又说："还有替人洗衣服的罗丝太太、小汤米·皮尔斯——可以说，他是个很惹人讨厌的小男孩。对了，当然还有那个叫艾米——艾米什么来着？"说到最后这个名字时，她的声音有点不大一样。

"艾米？"卢克说。

"艾米·吉布斯，以前在这儿当女佣，后来又换到韦恩弗利特小姐家。警方还给她验过尸。"

"为什么？"

"那个笨丫头在黑夜里弄错了药瓶。"惠特菲尔德爵士说。

"她以为拿的是咳嗽药，其实是帽漆。"布丽吉特解释道。

卢克扬了扬眉，吃惊地说："这真是个悲剧。"

布丽吉特说："有人认为她是故意的，可能是跟男朋友吵架怄气。"她说得很慢，几乎不大情愿。大家一时无话。卢克的直觉告诉自己，某种不可名状的情感正压抑着现场气氛。

他想着，艾米·吉布斯？对，平克顿小姐也提过这个名字。她还提过一个小男孩叫汤米什么的——她显然很不喜欢他。这样看来，布丽吉特似乎也有同感。对了，卢克几乎可以肯定，平克顿小姐也提到过卡特。

他站起来故作轻松地说："说到这些，真叫人不寒而栗，仿佛闯进墓地似的。结婚的风俗也很有意思，不过现在说这个有点跑题了。"

"我该想到那种可能。"布丽吉特的嘴角微微抽动了一下。

"对别人要么诅咒生怨，要么漠不关心，又是另外一个有趣的话题。"卢克装出一副热心的模样，接着问，"在一些古老的乡镇常常可以听到。你们知不知道这里有没有那种事？"

惠特菲尔德爵士慢慢地摇了摇头。

布丽吉特·康威说："我们不大可能听到那种事。"

卢克几乎还没等她说完就迫不及待地接下去："当然，我本该向社会地位比较低的人打听。我想先到牧师那儿，看看能有什么收获。然后可能要走去——你是不是说叫七星酒店？还有那个惹人讨厌的小男孩呢？他有没有会为他的死而悲伤的亲人？"

"皮尔斯太太在大街上开一家卖报纸和香烟的小店。"

"真是太走运了,"卢克说,"好的,我要走了。"

布丽吉特迅速且优雅地从窗边走过来,说:"要是你不介意的话,我想跟你一起去。"

"当然不介意,"他尽力做出热情的样子。不过不知道她是否留意到,刚才有那么一会儿,他被这个提议吓了一跳。如果身边没有一个警觉聪慧的人,他会比较好打发那个上了年纪而且喜爱古文物的牧师。"算了,"他心想,"反正怎么做得让人相信,全靠我自己。"

布丽吉特说:"可不可以等一下?卢克,我换双鞋就来。"

她还能怎么称呼他呢?既然她已经答应吉米,假装把他当成表哥,难道还能叫他菲茨威廉先生吗?他忽然不安地想道:"她对这一切有什么想法?她到底怎么想的呢?"他原以为她应该是个娇小的金发秘书,聪明伶俐得足以抓住一个有钱人的心。但是事实上她很有魄力,有头脑,冷静而又聪明,他一点也不知道她心里对他的看法。他想:"她可不是个容易上当的人。"

"我准备好了。"她的动作很轻盈,所以他没有听到她走近的脚步声。她既没有戴帽子,也没戴发网。走到门外时,一阵强风从怪异城堡的转角处袭来,吹散了她的乌黑长发——零乱地缠绕在她脸上。

他回头看看城垛,生气地说:"真是令人讨厌!难道没有人能阻止他这样做吗?"

布丽吉特答道:"英国人一向把房子当作自己的城堡——事实上,戈登就是这么想的!他对这幢房子喜欢得不得了!"

卢克意识到自己的话并不得体,可是又忍不住问:"这是你过去的家,不是吗?你'喜欢'它现在的样子吗?"

她用平静而略带兴趣的眼光看着他,喃喃说:"我不想破坏你脑子里戏剧性的画面，可是事实上我两岁半就离开了这里，所以你所想的'为了旧家'的动机，并不适合放在我身上。我甚至一点儿也不记得这个地方。"

"你说得对，"卢克说，"请原谅我一时失言。"

她笑道："事实往往并不那么有情调。"她声音中突然流露出的嘲讽不禁让他大吃一惊。他黝黑的脸庞侵上了一抹深红，却又突然意识到，她嘲讽的对象并不是他，而是她自己。于是他识趣地保持沉默，心里却又对布丽吉特·康威产生了很大的疑惑。

五分钟后，他们走过教堂，来到了紧挨着的牧师住所。牧师正在书房里。阿尔弗雷德·维克是个矮小的老人，佝偻着身子，湛蓝的眼睛里透着温和，虽然有点心不在焉，但很有礼貌。他对两位客人的来访似乎很高兴，但又带着点惊讶。

"菲茨威廉先生现在和我们一起住在阿什庄园，"布丽吉特说，"他想请教你一些有关他要写的书的事。"

维克先生把温和、探询的目光转向了这个年轻人，卢克急忙解释起来。他很紧张，可以说是紧张得要命，原因有两个：第一，在民俗和迷信仪式以及风俗方面，这个人显然比任何囫囵吞枣地翻阅过几本书的人要内行得多；其次，布丽吉特·康威又站在一旁听着。

幸好维克先生特别感兴趣的是古罗马遗迹，卢克不禁松了一口气，他谦逊地承认自己对中世纪的民俗和巫术知之甚少。在提到有关威奇伍德历史的某些遗迹后，他主动提出要带卢克到传说中女巫子夜集会的山丘去看看。但令他感到遗憾的是，他本身无法提供更多这方面的资料。

卢克心里如释重负，表面上却显得有点失望，接着他把话题转到有关死者临终前的迷信上。

维克先生轻轻摇摇头:"这方面我恐怕比任何人懂得都少。教区里的居民都守口如瓶,尽量不让我听到任何异端邪说。"

"对,那是自然的。"

"不过我相信这里还是有很多迷信,这些乡下人还是很落后。"

卢克大胆地说:"我向康威小姐打听过她记得最近死了哪些人,我想或许能从这里得到一些信息。不知道你能不能帮我列一个名单,这样我就可以选出我可能感兴趣的人?"

"好的,好的,这事我可以安排。我们这儿的教堂执事贾尔斯是个好人,可惜耳朵聋了,他可以帮你查查看。容我想想,真的死了好多好多人,熬过一个难熬的冬天和诡谲的春天之后,又是一桩桩意外,好像倒霉的事在循环往复地发生。"

"有时候,"卢克说,"一连串倒霉事往往和某个人的出现有关。"

"对、对,就像《圣经》中约拿①的故事,可是我想这里并没有出现过任何陌生人——我是说没有那种特别引人注意的陌生人,而且我也没听说有人有这种感觉。不过就像我刚刚提到的,也许我不应该听到。好了,我想想看,最近去世的有亨伯比医生和可怜的拉维妮亚·平克顿。亨伯比医生可是个好人啊。"

布丽吉特插嘴道:"菲茨威廉先生认识他的一些朋友。"

"真的?太令人惋惜了。一定有很多人为他的死感到难过,他的朋友很多。"

---

① "约拿"被用来指代"带来厄运的人"。约拿是一个虔诚的犹太先知,一直渴望能够得到神的差遣。神终于给了他一个光荣的任务,去宣布赦免一座本来要被罪行毁灭的城市——尼尼微城。约拿却抗拒这个任务,因为尼尼微城是毁灭他家族和民族的死敌。他逃跑后,被上帝惩戒、唤醒。他几经犹疑,终于悔改,完成了使命——宣布尼尼微城的人获得赦免。但是尼尼微人虽一时悔改,本性难移,最终还是被上帝毁灭。

"可是他一定也有些仇人。"卢克又匆忙补充道,"我只是听朋友这么说。"

维克先生叹了口气。"他说话一向直言不讳,也不懂得圆滑处事。"他摇了摇头,"这样当然会得罪人,不过他的确受到很多穷人的真心爱戴。"

卢克漫不经心地说:"你知道,我总觉得生活中经常会碰到一些特别令人不快的事,比如一个人死了,某一个人就会因此得益,我指的不仅仅是金钱方面。"

牧师若有所思地点点头,说道:"我明白你的意思。对,讣闻上说人人都为死者难过惋惜,事实上恐怕不见得如此。就拿亨伯比医生的死来说,他的合伙人托马斯医生的地位当然会改善不少。"

"怎么会呢?"

"我相信托马斯是个很能干的人,当然亨伯比医生也一直这么说,可是他在这里发展得并不太顺利。我想主要是亨伯比是个非常有吸引力的人,从而埋没了托马斯。比较起来,托马斯就逊色多了,病人对他根本没什么印象。我想他也担心过这一点,这样一来反而更糟,他变得更加紧张、口笨。其实我早就注意到他们之间的一个巨大差异,你越是泰然自若,沉着应对,就越具有人格力量。我想,托马斯自己已经重拾信心了吧。他和亨伯比向来意见不合。他完全采用新的医疗方式,亨伯比却只用些老法子。他们为此和其他大事争执过几次。不过关于这些事,我不应该多嘴。"

布丽吉特温和地说:"可是我相信菲茨威廉先生一定想多听听你的意见。"

卢克不安地迅速看了她一眼。

维克先生犹豫地摇了摇头，然后又微笑着用不赞成的口气说："我觉得大家实在是太爱管别人家的闲事了。罗丝·亨伯比是个很漂亮的女孩，难怪托马斯医生会一见倾心。亨伯比的看法也完全可以理解，那女孩太年轻，而且一直住在这个小地方，没什么机会碰见别的男人。"

"他反对？"卢克问。

"强烈反对，说他们都太年轻了。年轻人当然不爱听这一套，所以两个男人彼此都冷若冰霜。可是我得说，托马斯医生确实对他合伙人的意外死亡感到难过。"

"惠特菲尔德爵士告诉我是败血症。"

"对，只是一点点划伤引起的感染。做医生的往往要冒很大的风险，菲茨威廉先生。"

"的确是这样。"卢克说。

维克先生忽然说："但我实在扯得太远了，恐怕我会变成一个长舌老头。我们刚才是谈现存的异教徒殡葬习俗和最近本地有哪些人去世，对吧？有拉维妮亚·平克顿——她最热心赞助教会了，还有那个可怜的女孩艾米·吉布斯，也许你可以从这里发现一点感兴趣的东西，菲茨威廉先生。你知道，有人怀疑她可能是自杀，在这方面有些很可怕的仪式。她有个姑姑——我想恐怕为人不怎么和善可亲，也不大喜欢她侄女，不过很爱说话。"

"这听起来很有价值。"卢克说。

"还有汤米·皮尔斯，他曾经参加过唱诗班，有着天使般甜美的高音。不过其他方面就不大可爱了。所以我们最后只好请他离开，免得其他男孩被他带坏。可怜的孩子，恐怕大家都不太喜欢他。我们本来替他在邮局找了份送电报的工作，可他后来被开除了。他也在艾伯特先生那里做过一阵子事，但不久又被开除了，我猜是弄丢了什么机密文件。后来他又在阿什庄园待过一段时间，是吧？康威小姐，在花园里帮忙，但是他实在太没礼貌，惠特菲尔德爵士只好解雇他。我真替他母亲难过，她是个非常有修养，而且勤劳的女人。韦恩弗利特小姐好心地替他找了些擦窗户的临时工作，惠特菲尔德爵士起初是反对的，但最后还是让步了。其实，要是当初他不答应就好了。"

"为什么？"

"那孩子就是因此而死的。他在擦图书馆——你知道，就是擦那幢旧的大房子顶层窗户的时候，不知道犯了什么傻，竟然在窗槛上面跳舞什么的，一不小心失去平衡，要不然就是头昏，掉了下来。看了真让人难过！摔下来之后就一直没有清醒，送到医院几小时就死了。"

"有没有人看到他掉下去？"卢克饶有兴趣地问。

"没有，他在擦花园那边的窗户，不是在房子的正面。有人估计，他跌下来大概半小时之后才被人发现。"

"是谁发现的？"

"平克顿小姐，你还记得吗，就是我刚刚提到前些日子过马路不幸被汽车撞死的那位女士。真可怜！她觉得非常不安！碰到这种事实在叫人不舒服！那天她获准到花园里修剪植物，结果发现那孩子昏倒在掉下来的地方。"

"这真是个极其不愉快的惊吓。"卢克若有所思地说。同时，他在心里想：比你想象中的还要震惊。

"他是个讨厌的小恶棍。"布丽吉特说，"你知道，维克先生，他老是虐待小猫、小狗，还抢其他小男孩的东西。"

"我知道，我知道。"维克先生难过地摇摇头，"可是你知道，亲爱的康威小姐，有时候残酷的个性与其说是天生的，还不如说是心智不成熟造成的。你要是用一个小孩的眼光去看大人，就会发现人往往看不到自己的残忍或者疯狂。我相信现在世界上大多数残忍、愚蠢的行为，都是由于某些地方不够成熟造成的。人必须抛开孩子气的东西。"他摇了摇头，摊开双手。

布丽吉特忽然用嘶哑的声音说："是的，你说得对，我懂你的意思。一个像小孩子一样幼稚的大人，确实是世界上最可怕的事。"

卢克·菲茨威廉感到困惑，他想知道布丽吉特指的是谁。

第五章　拜访韦恩弗特利小姐

维克先生又自言自语地念了几个名字。

"让我想想看。可怜的罗丝太太、老贝尔、埃尔金家的孩子、哈利·卡特,你知道,他们不是我的教民,像罗丝太太和卡特是不信国教的。对了,还有可怜的老本——斯坦伯里在三月春寒来袭的时候也去世了,他已经九十二岁了。"

"艾米·吉布斯是四月死的。"布丽吉特说。

"对,可怜的女孩,那真是个可悲的错误。"

卢克抬起头,发现布丽吉特正注视着他,但她很快便垂下了眼帘。他有些不快地想:"一定还有什么事瞒着我,和那个叫艾米·吉布斯的女孩有关。"

和牧师告别出门之后,他说:"告诉我,艾米·吉布斯到底是谁?做什么的?"

布丽吉特沉默了一两分钟才回答,卢克发现她的声音有点不自然,"艾米是我所见过的最差劲的女佣。"

"所以她才被辞退?"

"那倒不是,是因为她和男朋友出去玩到彻夜不归。戈登很古板、很守旧,他认为晚上十一点之前不回家就是罪过。他警告过她,但她置若罔闻!"

卢克说:"她就是那个错把帽漆当成咳嗽药水喝下去的女

孩?"

"对。"

"这样做实在有点蠢。"卢克冒昧地说。

"蠢透了。"

"她很笨吗?"

"不,是个相当精明的女孩。"

卢克悄悄看了她一眼,觉得困惑不解。她的口气平静得不带任何感情、也没有一点儿兴趣,但他坚信,她话里有话。

这时,布丽吉特停下了脚步,和一个摘下帽子热心和她打招呼的高个子男人说话。布丽吉特和对方寒暄过后,介绍卢克道:"这是我表哥菲茨威廉,现在住在阿什庄园。他想写一本书,到这儿来找题材。这是艾伯特先生。"

卢克饶有兴趣地打量着艾伯特先生,那位曾经雇用过汤米·皮尔斯的律师。艾伯特先生和一般律师不太一样,他既不瘦也不严肃。他身材高大,气色很好,穿着花呢套装,待人真诚有礼,热情愉悦。他眼角已经有些细小的皱纹,眼神也比乍看之下要来得精明。

"在写书,对吗? 是小说?"

"民间传说。"布丽吉特说。

"那你可是来对地方了,"律师说,"这里真是包罗万象,无奇不有。"

"别人也这么说,"卢克说,"我相信你一定能帮我一点忙。你一定碰到过奇怪的举动或者有趣的习俗吧。"

"噢,我不大清楚,也许——也许有吧。"

"没听说过鬼屋?"

"不,没听说过。"

"我听过一个有关小孩的迷信。"卢克说,"据说一个男孩子要是死于非命,通常会变成僵尸。女孩子却不会,很有意思。"

"太有意思了,"艾伯特先生说,"我以前从来没听说过。"

那是理所当然的,因为这根本就是卢克杜撰的故事。

"好像有一个男孩——叫汤米什么的——曾经在你的事务工作过,我有理由相信大家一定认为他变成了僵尸。"

艾伯特先生的脸色显得有点发紫。

"汤米·皮尔斯?一个没用的废物,又好管闲事的顽皮鬼。谁看过他变成僵尸了?怎么说的?"

"这种事很难查证,"卢克说,"谁也不会光明正大地说,可以说,这就是个谣言。"

"对、对,我猜是吧。"

卢克又巧妙地换了话题:"唯一能听到人家谈论的人就是当地的医生。他们替病人看病的时候,可以听到不少消息——各种迷信、符咒、可能还有春药什么的。"

"你应该去找托马斯,他是个好人,完全跟得上时代,不像可怜的老亨伯比。"

"他有点保守,不是吗?"

"顽固透了!可以说是最顽固的死硬派。"

"你们曾经为了用水计划吵过架,不是吗?"布丽吉特说。

艾伯特先生的脸又涨得通红。"亨伯比对一切进步的事都冥顽不灵,"他尖声说:"他坚决反对那个计划!说话粗鲁,无所顾忌。他说的有些话都可以拿去起诉他!"

布丽吉特喃喃道:"可是律师绝对不会打官司,对不对?他们还有更好的办法。"

艾伯特开怀大笑,他的怒气来得快,去得也快。"不错,布丽吉特小姐！你说得太对了,我们搞法律的对法律实在太清楚了,哈哈！对了,我该走了。要是有什么事需要我帮忙,尽管打电话给我。那个菲……菲茨……"

"菲茨威廉,"卢克说,"谢谢,一定!"

他们一边走着,布丽吉特一边说:"要是你还想知道更多有关艾米·吉布斯的事,我可以带你去找一个人,她或许能帮你。"

"谁?"

"韦恩弗利特小姐。艾米离开阿什庄园之后,曾经到她那儿做过事。艾米死的时候还是在她那儿做事。"

"噢,我懂了。"他有点意外,"非常谢谢你。"

"她就住在这里。"

他们正穿过村中草坪,布丽吉特将头倾向卢克前一日曾经注意过的乔治亚式大房子,说:"那是威奇大屋,现在已经变成图书馆了。"

图书馆旁边那间小屋子和图书馆一比,就像洋娃娃住的屋子一样。它的阶梯白得耀眼,门环闪闪发亮,窗帘是拘谨的白色。

布丽吉特推开大门,走上阶梯,这时,前门开了,一个老太太走了出来。卢克觉得她就像典型的乡下老小姐,瘦弱的身躯上整齐地穿着苏格兰呢外套和裙子,另外还穿了一件灰色丝质上衣,别着一枚烟晶胸针。那顶精致的毛呢帽,端端正正地戴在她优雅的头上。她神情愉快,夹鼻眼镜后面露出一双精明的眼睛。

"早,韦恩弗利特小姐。"布丽吉特说,"这是菲茨威廉先生。"

卢克俯身行礼。"他在写一本有关死亡、乡下风俗,和一些常见的可怕习俗的书。"

"噢!"韦恩弗利特小姐说,"真是太有趣了。"她鼓励地对他笑了笑。

他不禁又想起平克顿小姐。

"我想,"布丽吉特说——他又注意到她用那种平淡得出奇的口气说话——"你也许可以告诉他一些关于艾米的事。"

"噢,"韦恩弗利特小姐说,"艾米?对了,是艾米·吉布斯。"他发现她的表情里透着新的东西,似乎想要好好打量他。接着,她似乎下定了决心,带头走进大厅,说:"进来吧,我可以晚一点再出去。"卢克表示歉意。她又说:"没什么,没什么,其实没什么要紧的事,只是上街买点小东西。"

窄小的起居室非常整洁,带有熏衣草的香味。韦恩弗利特小姐请客人坐下之后,用抱歉的口气说:"我不抽烟,所以家里也没准备,不过要是你想抽的话,请别客气。"

卢克婉拒了,布丽吉特却迅速点了一支烟。

韦恩弗利特小姐在一张有雕花扶手的椅子上挺直身子坐下,打量了客人一会儿,随后满意地垂下眼睛,说:"你想知道关于艾米那个可怜女孩的事吗?那件事实在非常可悲,我难过得不得了。真是令人悲哀的错误。"

"难道没有人怀疑她是——自杀?"卢克问。

韦恩弗利特小姐摇摇头:"没有,没有,我根本就不相信,艾米不是那种人。"

"那她是个什么样的人呢?"卢克率直地问,"我想听听你对她的看法。"

韦恩弗利特小姐说:"噢,当然,她一点都不能算是个好用人,可是这年头,能找到用人就该谢天谢地了。她对工作很懒散,老想溜出去玩。不过她还年轻,现在的女孩子还不全都是那样嘛!她似乎不知道她的时间是属于雇主的。"

卢克做出同情的表情,韦恩弗利特小姐继续说:"她很喜欢别人夸奖她,总是认为自己很了不起。埃尔斯沃思先生——那家新开的古董店的老板,不过他真是个绅士,偶尔也画些水彩画,他替那个女孩画过一两幅画,我想就因为这样,她想入非非,得意忘形了。她常和她的未婚夫吉姆·哈尔韦吵架。他在汽车修理厂当技工,非常喜欢她。"韦恩弗利特小姐稍作停顿,接着说,"我永远忘不了那个可怕的晚上,艾米感到不大舒服,咳嗽得厉害——谁叫她要穿那些可笑又便宜的长筒丝袜,当然会感冒啦。那天下午她去看过医生了。"

卢克马上问:"是亨伯比医生还是托马斯医生?"

"托马斯医生。他给她开了一瓶咳嗽药带回家,我想那就是些完全没有副作用的药剂。她回来之后,很早就上床睡觉了。大概半夜一点左右,忽然传来一阵可怕的、像要窒息似的尖叫。我上楼看她,可是门从里面反锁着。我喊她,但没有任何回应。当时厨师也和我在一起,我们两人都非常着急,又走到大门,刚好瑞德警官出来巡逻,我们立刻叫住他。他绕到房子后面,设法爬上阳台,好在她没关窗户,他便轻而易举地进去了。可怜的女孩,真是太可怕了!医生他们也束手无策,过了几小时,她在医院里死了。"

"是因为——什么?帽漆?"

"对,也就是草酸毒,瓶子和咳嗽药水的瓶子差不多大。咳嗽药水在盥洗台上,那瓶帽漆在她床边。她一定是半夜拿错瓶子了,警方验尸的时候就是这么说的。"

韦恩弗利特小姐停了下来,用山羊般睿智的眼睛盯着他。他知道她的话里一定别有含意。他觉得她有意隐瞒了一部分故事,但出于某种原因,她却希望他体会得出。

大家沉默着——相当长而难堪的沉默。卢克觉得自己像个想不起台词的演员。最后他只好勉强地说:"你觉得她不是自杀?"

韦恩弗利特小姐马上说:"当然不是。要是她存心想死的话,也许会专门去买点什么来自杀。可那是个旧瓶子,她已经放了好几年了。而且我说过,无论如何,她不是那种会自杀的女孩。"

"那么你——怎么想呢?"卢克率直地问。

韦恩弗利特小姐说:"我觉得这件事太不幸了。"然后闭上嘴,认真地看着他。

卢克正想努力说些顺耳的话时,大家突然分心了。门上响起一阵搔抓声和哀怨的猫叫声。韦恩弗利特小姐跳起来打开门,一只橘色的大波斯猫走了进来。它停下脚步,用不友好的眼光打量着客人,然后纵身跳上韦恩弗利特小姐椅子的扶手。韦恩弗利特小姐用尖锐的声音说:"噢!'老呸'!我的宝贝'老呸',今天一早都到哪儿去了?"

"老呸"这个名字似乎很耳熟,卢克到底在什么地方听过一只叫"老呸"的波斯猫呢?他说:"好漂亮的猫!你养了很久了吗?"

韦恩弗利特小姐摇摇头:"没多久,本来是我的老朋友平克顿小姐养的。她被可怕的汽车撞死了,我当然不能让'老呸'被陌生人收养,不然拉维妮亚地下有知一定会不安。她实在太宠爱它了,的确很好看,不是吗?"

卢克大大地夸奖了那只猫一番。韦恩弗利特小姐说:"小心它的耳朵,最近一直在痛。"

卢克小心翼翼地摸摸猫,布丽吉特站起来,说:"我们该走了。"

韦恩弗利特小姐和卢克握握手,说:"也许不久后会再看到你。"

卢克愉快地说："但愿如此，我想一定会的。"他觉得她有些困惑，也有点失望。她又看看布丽吉特——目光匆匆一扫，带着疑问。卢克觉得这两个女人之间有着某种默契，而他却被蒙在鼓里。他很生气，发誓一定会很快就弄个水落石出。

韦恩弗利特小姐送他们出门，卢克在阶梯顶端站了一会儿，用欣赏的眼光看了一会儿村中那块大草坪和鸭池。

"这地方未曾受到惊扰，还真是个奇迹呀。"他说。

韦恩弗利特小姐高兴地说："是啊！一点都没错！和我小时候记得的一模一样。我们本来住在威奇大屋，可是到了家兄当家的时候，他不喜欢住在那儿。老实说，是住不起了，于是就卖掉了。一位建筑商买下来，打算'开发土地'——我想他是这么说的。幸好惠特菲尔德爵士及时买下来，救了那幢房子。他把它改成图书馆和博物馆，不过一砖一瓦都没动。我每两周去整理一次图书，当然没有薪水，实在很难形容那种重回旧家园，而且知道它不会被卖掉的愉快心情。那里的布置真是太好了，菲茨威廉先生，改天你一定要到我们的小博物馆看看。有些本地特产非常有意思。"

"我一定抽空去，韦恩弗利特小姐。"

"惠特菲尔德爵士对威奇伍德的贡献非常大，"韦恩弗利特小姐说，"可是有些人偏偏不懂得感恩，真是可悲。"

她紧抿着嘴，卢克谨慎地不再发问，再次向女主人道别。

走到外面之后，布丽吉特说："你还想再搜集其他资料吗？或者想回家了？我们沿河边散步回去好不好？那边景色很美。"

卢克立刻答道，他不想再进一步调查了，并且说："我们就沿河边回去好了。"

他们先走过大街,最后那间屋子上挂着一块旧的金字招牌"古董"。卢克停下脚步,从窗口打量冷冷清清的屋里。"那边那个陶盘子蛮不错的,"他说,"可以送一个给我姑姑。不知道多少钱?"

"要不要进去看看?"

"你不介意吗?我很喜欢逛古董店,有时候只要花一点钱就可以买到好东西。"

"我看在这里不太可能,"布丽吉特冷淡地说,"我敢说,埃尔斯沃思对他店里东西的价值清楚得很。"

店门开着,里面有些长椅子和橱柜,摆着瓷器和铜器。两边各有一个摆满货品的陈列室,卢克走进左边那间,拿起陶盘。这时,屋子后面那个原先坐在桌子后的人站了起来。"噢,亲爱的康威小姐,真高兴看到你。"

"早安,埃尔斯沃思先生。"

埃尔斯沃思先生是个瘦高的年轻人,穿着红褐色的套装。他的脸长而白,头发则又长又黑。布丽吉特介绍过卢克之后,他的注意力立刻转到卢克身上。"这是真正的英国古陶器,很可爱吧,对不对?这里有不少好东西,可是我并不愿意出售。我一直梦想住到乡下,开个小店,威奇伍德真是个好地方,有那种吸引人的气氛——希望你了解我的意思。"

"艺术家的脾气。"布丽吉特喃喃地道。

埃尔斯沃思用白皙修长的手对她挥挥,说:"别用那种可怕的字眼,康威小姐,我是个商人,真的,只是个商人。"

"可是你真的是艺术家,不是吗?"卢克说,"我是说你会画水彩画。韦恩弗利特小姐说你曾经替一个女孩画过像,是叫艾米·吉布斯吧?"

"噢,艾米啊,"埃尔斯沃思先生说。他退后一步,不小心碰到一个啤酒杯,他小心翼翼地把杯子扶正,说:"是吗?嗯,对了,我想我的确画过。"他似乎有点站不稳脚步。

"她很漂亮。"布丽吉特说。

埃尔斯沃思先生又恢复了泰然自若的神色。"噢,你觉得她漂亮?我一直认为她很平凡……要是你对陶器有兴趣,"他转而对卢克说,"我还有一对陶制小鸟。"

卢克表示对鸟没兴趣,又问了陶碟的价钱,埃尔斯沃思先生说出一个数目。"谢谢你,"卢克说,"不过我实在不想夺人所好。"

"你知道,每次东西没卖出去,我就觉得很安慰。"埃尔斯沃思说,"挺傻的是吧?听我说,我愿意减低一基尼,我看得出来,你很喜欢这东西,这样一来就不同了。无论如何,这到底是卖东西的地方。"

"不用了,谢谢你。"卢克说。

埃尔斯沃思先生送他们到门口。走远一些之后,卢克说:

"埃尔斯沃思先生真是个怪人。"

"我知道他会一点法术,不是妖术,不过反正差不多。"

布丽吉特说:"再加上这地方的名声,就更像真有那么回事了。"

卢克有点笨拙地说:"我的天,我想他正是我最需要的人,我应该在那方面跟他多谈谈。"

"是吗?"布丽吉特说,"他对那些事很内行。"

卢克面带不安地说:"我改天再去拜访他。"

布丽吉特没有回答。他们现在已经走到村外了,她转进一条羊肠小道。不一会儿,他们就到了河边。他在河边遇到一个金鱼眼男人，身材矮小，留着硬须。他身边有三只牛头犬，他正大声粗鲁地叫着那三只狗："尼禄，过来，先生！奈丽，丢掉！丢掉！我叫你丢掉！奥古斯都——奥古斯都，我叫你——"看到布丽吉特后他脱帽行礼，然后用像要把人吃掉似的好奇眼光看卢克，最后又继续向那些狗吼叫着离开了。

"是霍顿少校和他的牛头犬？"卢克问。

"对极了。"

"今天早上我们可以说是见过威奇伍德所有的重要人物了吧？"

"不错。"

"我好像冒失了点，"卢克说，"我想任何陌生人到了英国乡下，都一定会被人拒之于千里之外。"他想起吉米·洛里默的话。

"霍顿少校从来不掩饰他的好奇心，"布丽吉特说，"有时候他实在盯得人受不了。"

"那种人一看就知道当过某个地方的少校。"卢克有点不乐意地说。

布丽吉特突然说："要不要在河边坐一下？时间还早得很。"

他们坐在一棵倾倒的树干上。布丽吉特又说："不错，霍顿少校的军人味道很重，你一定不相信，一年以前，他还是世界上最怕太太的人！"

"什么？你说他？"

"是啊，他娶了一个世界上最不理想的太太。她很有钱，在别人面前也从来不掩饰这一点。"

"可怜的家伙，我是说霍顿少校。"

"他对她很好，永远是个军人和绅士。其实我心里倒怀疑他有没有跟她吵过架。"

"我想她一定不受欢迎。"

"大家都不喜欢她。她责骂戈登，但支持我，不过一般说来，她到任何地方都不讨人喜欢。"

"我想一定是慈悲为怀的上天除掉她了？"

"对，差不多有一年了。急性胃炎，她把自己的丈夫、托马斯医生和两个护士都折磨透了，不过最后总算死了。牛头犬马上高兴得不得了。"

"畜生也通人性。"

两人沉默着，布丽吉特心不在焉地拨着长草，卢克也视而不见地朝着河对岸皱眉，此行似梦似真的目的困扰着他。到底有多少是事实，多少是想象呢？把每一个陌生人都当成可能的杀人犯，是不是冒失了点？这种想法实在不太高明。卢克想："去他的！我当了太久警察了！"

布丽吉特冰冷清晰的声音吓了他一跳，把他拉回现实中。她说："菲茨威廉先生，你到这里来究竟有什么目的？"

第六章 帽漆

卢克本来正要点燃一支烟，她这突如其来的一句话，倒使他愣住了。他呆了一两秒钟，火柴烧到了手指，"真该死！"卢克丢开火柴，用力甩甩手指说，"对不起，你吓了我一跳。"

"是吗？"

"是的！"他叹口气，说，"我想任何聪明人一定一眼就能看透我，你大概从来就没相信我那个想写一本书的故事？"

"第一眼看到你，我就知道不是真的。"

"是的。"

"尽管那不一定是个好故事。"卢克用批判的语气说，"我的意思是说，男人都会想写一本书。我来到这儿，冒充成远房亲戚混进来，我想是这一点让你对我产生了怀疑吧？"

布丽吉特摇了摇头。

"不，我有个——我自己的解释，我自己的理解。我猜测你曾经济拮据——我和吉米有很多朋友也是如此——我想，是他建议你扮作远房亲戚的，那样就可以让你不失尊严。"

"但是当我到这儿的时候，"卢克说，"我一现身立刻就体现出了自己的富有，这可与你的解释并不相符。"

她的嘴角上扬，慢慢露出微笑。

"不是的。"她说，"并不是那样。那只能说明你不像那种人。"

"你是说我不像有写作头脑的人?不用骗我,我宁可知道真相。"

"不,你也许会写作,可是写的不会是那种书——古老的迷信、研究古迹等等。绝对不会!对你这种人来说,过去的事情根本算不了什么,甚至连将来你也不放在眼里,只有现在才是最重要的!"

"噢,我懂了。"他做了个鬼脸,又说,"去他的!我到这里之后,你就一直让我觉得很紧张!你看起来那么聪明,叫人手足无措。"

"真抱歉!"布丽吉特淡淡地说,"不然你希望我是什么模样呢?"

"我也不知道,从来没想过。"

她平静地接着说:"一个迷迷糊糊的小女孩,只知道抓住嫁给有钱人的机会?"卢克发出狼狈的叹息。她用冷静、打趣的眼光看看他,说:"我懂,没关系,我不会生气。"

卢克厚着脸皮说:"好吧,也许差不多,不过我没有多想。"

但是卢克很沮丧。

"显然我的表现很糟糕。惠特菲尔德也已经看穿我了吧?"

"并没有。如果你说自己来这儿是要研究龙虱的生活习性,并以此写一篇专著的话,戈登就会相信了。他很容易相信别人的。"

"没用的,我一样会演砸。我总是紧张,不知所措。"

"我看到了你演技的拙劣,"布丽吉特说,"我看到了。说真的,那让我觉得好笑。"

"噢,是的。有头脑的女士总是这么冷血、残酷。"

她缓缓地说:"那当然要等火烧眉毛了才会着急。"停了一两分钟,她又说,"你为什么来这里?菲茨威廉先生。"

话题又回到原先的问题上了,卢克早就想到一定会这样。刚才,他终于下定了决心。他抬起头,迎向她睿智探询而且正在冷静安定地看着他的眼神。她眼里有一种出乎意料的庄重神色,于是他缓缓地道:"我想,我最好别再向你撒任何谎了。"

"不错。"

"可问题是事实有点可笑。告诉我,你是不是已经有了什么想法?我是说你有没有猜想过我来这里的目的?"她若有所思地缓缓点点头,卢克又说,"怎么样?能不能告诉我?也许会对我有点帮助。"

布丽吉特平静地说:"我觉得你来这里一定和艾米·吉布斯的死有关。"

"那就算是吧!我觉得每次提到她名字,就有一种奇怪的气氛,所以我知道这件事背后一定有什么秘密。你觉得我是为这件事来的?"

"难道不是吗?"

"从某方面来说,你的想法并没错。"

他皱眉沉默着,身旁那个女孩也同样沉默地坐着一动不动,她什么也没说,免得打断他的思绪。

他终于下了决心。

"我到这里,是想追查一件事——一个很不可思议,而且也许很荒唐可笑的假设。艾米·吉布斯也跟这件事有关,我想查出她到底是怎么死的。"

"嗯,我也这么想。"

"可是你为什么也这么想呢?她的死到底有什么奇怪,居然会引起你的兴趣呢?"

布丽吉特说:"我一直觉得她死得不大对劲,所以才带你去见韦恩弗利特小姐。"

"为什么?"

"因为她的看法和我一样。"

"嗯!"卢克迅速地回想一下,现在他终于明白那个聪明的老小姐为什么会是那样的态度,"她和你一样觉得艾米死得有点奇怪?"布丽吉特点点头,卢克又说:"到底为什么呢?"

"首先是帽漆的问题。"

"你指的是什么?"

"二十年前,的确有人用帽漆——这个季节用粉红色的帽子,下个季节,只要一瓶帽漆就可以改变为深蓝色,再下一个季节,也许换一种帽漆,又可以变成黑色,可是现在时代不同了,帽子便宜得很,等到不流行的时候,丢掉就是了。"

"连艾米·吉布斯那种身份的女孩子也一样?"

"我还比她更可能用帽漆呢,节俭早就被人忘得干干净净。还有一点,那瓶帽漆是红色的。"

"嗯?"

"艾米·吉布斯本身就是红头发。"

"所以不相配?"

布丽吉特点点头。"男人多半不了解这一点,可是——"

卢克意味深长地打断她的话:"对,男人不懂得这些,不错,一切都很符合,一切都完全符合。"

她接着说:"吉米在苏格兰场有些奇怪的朋友,你不会是警察吧?"

卢克迅速说:"我不是警探,也不是在贝克街有好几间办公室的著名私家侦探。我只是吉米告诉你的从东部退休的警员。我插手管这件事,是因为我搭火车到伦敦去的时候,发生了一件奇怪的事。"于是他简单扼要地说出了和平克顿小姐谈话的内容,以及此后所发生的事。"你看!"他最后说,"这件事实在有点不可思议!我到威奇伍德,是为了找一个人,一个秘密凶手——他也许是个大家都认识而且尊重的人。要是平克顿小姐想的没有错,还有你和那位——姓什么的小姐也没错,那么就是这个人杀了艾米·吉布斯。"

布丽吉特说:"我懂了。"

"我想,也有可能是从外面下手的吧?"

"嗯,我也这么想,"布丽吉特缓缓地说,"瑞德巡官就是从别的建筑物爬上她窗子的。窗子开着,是要费点功夫才能爬上去,可是任何普通男人想爬上去都不难。"

"爬上去之后呢?"

"把咳嗽药水换成帽漆。"

"希望她半夜醒来的时候喝下去,大家就一定会说她拿错了,或者是存心自杀?"

"对。"

"警方不怀疑是有人故布疑阵吗?"

"没有。"

"我想又是因为男人的缘故吧。没有人想到帽漆有问题?"

"没有。"

"可是你想到了?"

"对。"

"韦恩弗利特小姐也想到了?你们有没有讨论过?"

布丽吉特淡淡一笑,说:"没有,至少没有像你所说的那样讨论过。我是说，我们彼此都没说出口。我不知道那个老小姐心里到底怎么猜测。也许她最初只是有一点怀疑，越想越觉得不对。你知道，她蛮有头脑的，不像这里大部分人那么迷迷糊糊。"

"我想平克顿小姐就相当糊涂，"卢克说，"所以我刚开始一点也没有把她的话当真。"

"我一直觉得她挺精明，"布丽吉特说，"这些爱议论东家长，西家短的老小姐们，从某一方面来说都精明得很。你说她还提到过别人？"

卢克点点头："对，一个小男孩，就是汤米·皮尔斯，我一听到这个名字就想起来了。另外我敢肯定，她也提到过卡特。"

"卡特、汤米·皮尔斯、艾米·吉布斯、亨伯比医生。"

布丽吉特轻轻地道："正如你所说的，这件事实在有点不可思议。谁会想除掉这些人呢？他们每个人都不一样。"

卢克问："你有没有想过谁会杀艾米·吉布斯？"

布丽吉特摇摇头，说："想不出来。"

"卡特呢？对了，他是怎么死的？"

"掉进河里淹死的。有一天晚上他走在回家的路上，雾很大，他又喝得醉醺醺的，河上那座小桥只有一边有栏杆，大家都说他一定是酒醉失足淹死的。"

"但是别人也可能轻而易举地把他推下河？"

"不错。"

"汤米·皮尔斯擦窗户的时候，也可能是有人随手一推，把他推到楼下跌死的？"

"也没错。"

"换句话说，有人可以轻轻松松地除掉三个人，却不会引起别人疑心？"

"平克顿小姐就起了疑心。"布丽吉特说。

卢克说:"就算我问你心里有没有可疑的人也没用吧?威奇伍德没有让你觉得阴森、恐怖的人?或者长着奇怪的白眼珠,或者笑声很怪异、可怕的?"

布丽吉特说:"你觉得那人一定是个疯子?"

"嗯,我想是的。那人是很疯狂,可是也很狡猾。平克顿小姐曾经提到,这个人看着下一个动手的目标时,眼睛里有一种很奇怪的神情。从她说话的口气,我觉得——别忘了,只是我的感觉——她所说的那个男人的地位至少和她差不多,不过我当然也可能猜得不对。"

"也许你说得一点也没错,有时候我们从别人的言谈或者表情中,往往可以得到一种很微妙的印象,没办法用言词表示出来,可是那种感觉通常都不会错。"

"你知道,"卢克说,"告诉你这一切之后,我真是安心多了。"

"我相信这样你的阻碍就少了些,而且我也许可以帮点忙。"

"有你帮忙真是太好了。你真的想追根究底?"

"当然。"

卢克忽然有点尴尬地说:"惠特菲尔德爵士怎么办呢?你看要不要——"

"当然,我们根本不用告诉戈登。"布丽吉特说。

"你是说他不会相信?"

"不,他会相信,戈登什么事都相信!如果我们告诉他,他也许会吓得心惊胆跳,坚持找几个年轻力壮的手下整天保护他。"

"那就只好算了。"卢克同意道。

"不错,我们不能让他得到他单纯的乐趣了。"

卢克看看她,仿佛想说什么,最后又改变了主意,只看了看手表。

"对,"布丽吉特说,"我们该回去了。"

她站起来,气氛突然变得有点紧张,仿佛卢克没说出的话正不安地绕在空中。

两人一起默默地走回家。

第七章 嫌疑人

卢克坐在自己房里。午餐桌上,安斯特拉瑟太太曾经问起他在马扬海峡的花园有些什么花,又告诉他在那种地方种什么最适合。惠特菲尔德爵士又发表了一番有关"向年轻人表白"的谈话。现在他总算可以独自一个人静静地想一想了。

他拿出一张纸,写下几个名字:

托马斯医生

艾伯特先生

霍顿少校

埃尔斯沃思先生

维克先生

艾米的男朋友

肉贩、面包师傅、蜡烛师傅等等。

然后又拿出一张纸,先写上"被害者",再在这个标题上面写道:

艾米·吉布斯被毒死

汤米·皮尔斯被人从窗口推出去

哈利·卡特被人从小桥上推进河里(是醉酒?中毒?)

亨伯比医生血液中毒
　　平克顿小姐被车撞死

又写道：

　　罗丝太太？
　　老本？

顿一顿，又加上：

　　霍顿太太？

他看着这张名单，边抽烟边沉思了一会儿，再度拿起铅笔写道：

　　托马斯医生和对他不利的证据：
　　亨伯比医生之死显然有很明显的动机，后者死的情况非常吻合——也就是说，用科学方法以细菌毒死。艾米·吉布斯死亡当天下午也去看过他，他们之间可能发生过什么？敲诈？
　　汤米·皮尔斯呢？目前还不知道有什么关联？是不是汤米知道他和艾米·吉布斯之间的秘密？
　　哈利·卡特？没有什么线索。
　　平克顿小姐到伦敦去的那天，托马斯医生是否不在威奇伍德？

卢克叹口气，换了一个新的标题：

艾伯特先生和可能对他不利的证据：

显然非常可疑，也许成见很深。他为人亲切和蔼，是侦探小说中最有可能的疑犯。问题是：这是真实人生，不是小说。

谋杀亨伯比医生的动机：

他们之间存有明显的敌意，亨伯比医生藐视艾伯特先生，对头脑不正常的人，这已经足以构成杀机。平克顿小姐一定不难看出他们之间的敌意。

汤米·皮尔斯？他曾经乱翻过艾伯特先生的文件，是不是发现了什么他不该知道的事？

哈利·卡特？没有什么线索。

艾米·吉布斯？也没有什么线索，不过使用帽漆倒蛮合乎艾伯特的个性——守旧的头脑。

平克顿小姐遇害那天，艾伯特是否不在村子里？

霍顿少校：

不知道他和艾米·吉布斯、汤米·皮尔斯、哈利·卡特等人有什么关系。

霍顿太太？她似乎是被砒霜毒死的，若真如此，其他人的死可能也和这个有关——是敲诈？托马斯医生是她的主治医生，所以托马斯又有了嫌疑。

埃尔斯沃思先生：

涉及巫术，可能是个吸血的杀人凶手。跟艾米·吉布斯有关系。跟汤米·皮尔斯和哈利·卡特有关系吗？目前还不知道。亨伯比医生呢？也许看出埃尔斯沃思精神不正常。

平克顿小姐呢？平克顿小姐遇害当天，埃尔斯沃思是否不在威奇伍德？

维克先生：

看来似乎很不可能。也许是宗教狂热使然？觉得自己是上帝派来的杀手？小说里也有过那样神圣的老牧师——可是这是现实，不是小说。

注意：卡特、汤米、艾米都是绝对不讨人喜欢的人，也许归因于天谴最好？

艾米的男朋友：

也许很想除掉艾米，可是大体而言，不像杀了这么多人的凶手。

其他人：

想都不用想。

他又重新看一遍这张单子，然后摇摇头，喃喃低语道："太荒唐了！"

他把单子撕碎烧掉，自言自语说："这件工作实在不简单。"

第八章　托马斯医生

　　托马斯医生往后靠在椅背上，用修长优雅的手摸摸浓密黑亮的头发。他很年轻，尽管已经年过三十，可一眼看上去不是十几岁，就是二十几岁出头。头发直立看起来的样子显得桀骜不驯，他略带吃惊的表情，以及粉红、白色相间的肤色让他看起来像个令人无法抗拒的男孩。外表看来虽然很不成熟，但是他对卢克患风湿的膝部的诊断，几乎和一星期以前哈利街那位专家的诊断完全一样。

　　"多谢你了，"卢克说，"既然你觉得电疗有效，我就安心多了，我还不希望这种年纪就变成跛子。"

　　托马斯医生孩子气地一笑，说："我想不会有什么危险，菲茨威廉先生。"

　　"啊，你让我安心多了，"卢克说，"我本来想去找一位专家，可是现在我相信用不着了。"

　　托马斯医生又微笑道："要是你觉得那样比较放心，还是去看看为好。无论如何，听听专家的意见总不会有错。"

　　卢克迅速说："人在这些方面往往很容易害怕，你一定了解这一点吧？我常常想，医生应该会觉得自己像个术士，对病人来说，他就像魔术师一样。"

　　"信心往往占了很重的分量。"

"我知道,'医生说'好像已经成了代表权威的话。"

托马斯医生耸耸肩,幽默地说:"要是病人都明白这一点就好了。"又说,"你正在写一本有关巫术的书,对吗,菲茨威廉先生?"

"咦!你怎么知道?"卢克装腔作势地惊呼。

托马斯医生似乎觉得很好玩:"噢,亲爱的先生,像这种地方,消息传播得非常快,因为实在没什么好聊的话题。"

"不过也许会被人过分夸大,改天你说不定又听说谁在召唤鬼魂,并且和恩多的女巫在比赛法力呢。"

"奇怪,你怎么会这么说?"

"为什么奇怪?"

"因为有人谣传说你已经召唤过汤米·皮尔斯的鬼魂了。"

"皮尔斯?皮尔斯?就是那个从窗口掉下去的小男孩?"

"是的。"

"这怎么会呢?对了,我跟那位律师提过,他叫什么——是艾伯特吧?"

"对,故事就是从他那里传出来的。"

"难道说我已经使一位头脑冷静的律师相信世界上有鬼魂存在了吗?"

"这么说,你本身相信有鬼魂了?"

"听你的口气,你好像不相信,是吗?医生,不、不能说我真的'相信有鬼魂',不过我确实知道有些人离奇死亡或者暴毙。可是我最有兴趣的还是跟暴毙有关的各种迷信——例如被谋杀的人不会在坟墓里安息,还有凶手如果去摸被害的死者,死者的血就会流个不停。不知道这些传说是怎么来的?"

"很奇妙,"托马斯医生说,"不过我相信现在已经没什么人记得这些了。"

"当然比你想象中要多,不过我想这里也没有什么人被人谋杀,所以很难判断。"

卢克说话的时候带着微笑,眼睛仿佛很随意地看着对方的脸,但是托马斯医生似乎仍旧非常镇定,也对他报以微笑。

"是的,我想我们这儿已经——嗯,很多很多年——没有凶杀案了。起码我这辈子都没听说过。"

"是啊,这地方非常安详平静,不会有什么暴行,除非——有人把那个叫汤米什么的小男孩从窗口推下去。"卢克微笑着说。

托马斯医生又带着他那充满孩子气欢乐的自然微笑说:

"很多人都恨不得扭断那孩子的脖子,不过我想还不至于真的有人会把他从窗口推下去。"

"他好像非常顽皮,也许有人觉得除掉他是义不容辞、替大家服务的事。"

"可惜这种理论只能偶尔引用一下。"

"我一直觉得,连续除掉好多人会对地方上有益,"卢克说,"我不像一般英国人那么尊重人命,我觉得任何阻碍进步的人都应该被除掉。"

托马斯医生用手伸进美丽的短发中摸摸头,说:"不错,可是谁又有资格做裁判呢?"

"学科学的人就有资格,"卢克说,"那个人必须心胸正直,头脑灵活,具备专业知识——譬如说医生之类。说到这一点,我倒觉得你本身就是很好的裁判。"

"判决哪些人不该活下去?"

"是的。"

托马斯医生摇摇头,说:"我的工作是使不适合活下去的人变得适合活下去。我承认,在大部分情形下,这是件很辛苦的工作。"

"可是我们还是不妨来讨论一下,"卢克说,"就拿已故的哈利·卡特来说……"

托马斯医生尖声道:"卡特?你是说'七星'的老板?"

"对,就是他。我不认识他,可是我表妹康威小姐提过他的事。他好像是个十足的大恶棍。"

"噢,"对方说,"不错,他嗜酒如命,虐待太太,欺负女儿,爱跟人吵架,又爱乱骂人,跟这里大部分人都吵过架。"

"换句话说,世界上没有他这个人会更好?"

"我想可以这么说。"

"事实上,要是有人从背后把他推进河里,那个人可以说是为了大家着想才下手的了?"

托马斯医生冷淡地说:"你所说的这些手段是不是你曾经在——是马扬海峡吧?用过呢?"

卢克笑道:"嗯,不,这只是我的构想,不是真有这种事。"

"嗯,我也觉得你不像天生的杀人凶手。"

"告诉我——我很想知道——你有没有碰到过你觉得像杀人凶手的人?"

托马斯医生尖声道:"奇怪!你居然会问这种问题!"

"是吗?我想医生一定见识过各种奇怪的人物,譬如说,他一定会比别人提早发现杀人狂的早期症状。"

托马斯有点生气地说:"这完全是外行人对杀人狂的看法,以为他一定会拿着刀到处乱跑,嘴边不时吐些白沫。我不妨告诉你,杀人狂也许是世界上最难看出的病症。从外表上看,他也许和平常人完全一样,也许是个很容易受惊的人,也许他会告诉你他有些敌人。可是除此之外什么迹象都没有,一点儿也不讨人厌。"

"真的?"

"当然是真的。有些杀人狂,常常认为自己是为了自卫才杀人。不过当然啦,有很多杀人凶手就像你我一样正常。"

"医生,你这话可让我觉得坐立不安了!想想看,改天你也许会发觉我曾经一声不响地杀过五六个人呢。"

托马斯医生微笑道:"我觉得不大可能,菲茨威廉先生。"

"是吗?彼此彼此,我也不相信你杀过五六个人。"

托马斯医生愉快地说:"你没把我职业上的失败例子算在内。"

两人都笑了起来,卢克站起来道别,用抱歉的口气说:

"对不起,打扰了你好久。"

"噢,没关系,我不忙,威奇伍德是个很健康的地方。真高兴能跟外地来的客人聊聊。"

"不知道……"卢克没往下说。

"什么事?"

"康威小姐要我来找你看病时,曾经告诉过我,你实在非常……嗯,医术实在很高明。我在想,你留在这种小地方会不会觉得太埋没自己的才干了?"

"噢,能从小地方着手也是一个好的开始,能得到很宝贵的经验。"

"但是你不可能一辈子就这样待在乡下不求发展。听说你的已故对手亨伯比医生就没什么野心,一直安安分分,很满足地在这里行医。我想他在这里一定住了很多年了吧。"

"事实上他一辈子都住在这里。"

"听说他很正派,就是太顽固了点。"

托马斯医生说:"有时候他的确很难相处,对新设备很不信任,不过对老派的内科医生来说,他倒堪称楷模。"

"听说他留下了一个漂亮的女儿。"卢克用戏谑的口气说。

他饶有兴致地看着托马斯医生白皙的面孔涨得通红。医生支支吾吾地说:"嗯——嗯——是吧!"

卢克用亲切的眼光看看他,很希望能把他从自己的嫌疑人名单上除掉,一会儿,后者恢复了正常,忽然说:"谈到犯罪,如果你对这方面有兴趣,我可以借你一本书,是从德文翻译过来的,克鲁哈玛写的《自卑感与犯罪》。"

"谢谢你。"卢克说。

托马斯医生伸手从书架上找出那本书,说:"就是这一本,其中有些很惊人的理论。虽然只是理论,倒也挺有意思的。例如'法兰克福屠夫'孟兹海的早年生活,喜欢杀人的小保姆安娜·海伦等,都非常有意思。"

"好像她杀了十多个托她照顾的小孩之后,别人才发现事情的真相。"卢克说。

托马斯医生点点头:"对,她的性格很惹人同情——她非常爱孩子,每个孩子死的时候,她真的都悲痛欲绝。这种心理实在很叫人惊讶。"

"这些人居然能逍遥法外那么久,真奇怪。"

这时他已经走到门口阶梯上了,托马斯医生送他出门,说:"也没什么好奇怪的,其实你知道,容易得很。"

"什么东西容易得很?"

"逍遥法外啊,"他又露出孩子气的迷人微笑,"只要小心点儿就可以了,聪明人一定会非常小心,不留下任何痕迹。这就够了。"他又笑笑，然后走进屋里。

　　卢克站在门口看着阶梯发呆。医生的微笑中有一种谦卑的意味，他们谈话当中，卢克一直觉得自己像个成熟懂事的大人，而托马斯医生却仿佛是个天真无邪的少年。但是此刻，他却有一种完全相反的感觉，医生的微笑就像一个大人对聪明淘气的孩子的那种纵容的微笑。

第九章　皮尔斯女士如是说

卢克在大街上那家小店买了一罐香烟和一份每周给惠特菲尔德爵士赚进大把钞票的《欢乐周刊》。谈到足球比赛，卢克叹了口气，说他刚刚失掉赚进一百二十镑的大好机会。皮尔斯太太立刻表示很同情，并且说她丈夫也一样。就这样，双方建立起了友谊，卢克不费什么力气就把话题越扯越远。

"我们的皮尔斯先生对足球兴趣很浓，"皮尔斯太太说，"每次一打开报纸，一定先看足球新闻。我刚才不是说了嘛，他失望过很多次，可是话又说回来，总不可能每个人都赢啊，而且我说呀，人是斗不过运气的。"

卢克全心全意地表示同意她的看法，又巧妙地谈到人往往祸不单行。

"是啊，先生，我早就知道了，"皮尔斯太太叹口气，"一个女人有丈夫，还有八个孩子——六个活着，死了两个——就更知道世界上麻烦事可太多了。"

"我想是吧，嗯，那当然。"卢克说，"你说你有两个孩子死了？"

"有一个才死了不到一个月。"皮尔斯太太忧郁中有一丝不易察觉的愉悦。

"天哪，真可怜。"

"不但可怜，先生，简直是晴天霹雳——对，就是晴天霹雳。我全身都在发抖，真的，他们告诉我这个消息的时候，我全身都一直发抖。从来没想到汤米会发生这种事！因为像他那么调皮捣蛋的男孩，好像从来就不可能会离开我们。还有我的小爱玛·珍，好可爱，好甜蜜，人家都说：'她太好了，养不大的。'结果果然是真的，先生。上天真的把她带走了。"

卢克对此表示了同情，又设法把话题从可爱的爱玛·珍转回比较不可爱的汤米身上："你的男孩刚死不久？是意外？"

"是意外，没错，先生。擦图书馆楼上的窗户时，没踩稳，一脚从最高的窗台上掉了下来。"

皮尔斯太太花了点时间，详细说明那宗意外事故的经过。

"不是有人说看到他在窗台上跳舞吗？"卢克说。

皮尔斯太太说，男孩子就是男孩子，不过那显然给了少校一个好借口，反正他一向就爱挑剔人。

"霍顿少校？"

"是的，先生，就是养了几只牛头犬的那位。意外事件发生之后，他偶然提到曾经看见汤米做事常常顾前不顾后，所以要是突然受惊，免不了很容易就从窗口掉下去。先生，汤米的毛病就是精力太旺盛。从很多方面来说，他对我都是一项很痛苦的考验，可他只是精力充沛——没别的，就像其他小男孩一样。他对人根本没什么害处。"

"是、是，我相信没错，可是你知道，皮尔斯太太，有些人——尤其是严肃的中年人——往往忘了自己也曾经年轻过。"

皮尔斯太太叹口气："你说的一点都没错，先生，我只希望有些先生能牢牢记住，我那儿子只是太活泼了一点，他们之前是怎么对待他的！"

"他曾经对他的主人搞恶作剧，不是吗？"卢克纵容地笑着说。

皮尔斯太太马上说："他只是开开玩笑，没别的意思。先生，汤米一向很会模仿人，常常让我们捧腹大笑……有时候他会学古董店的埃尔斯沃思，或者教会委员霍布斯先生，有一次他还模仿庄园的爵士，结果爵士就把他解雇了，那当然是应该的，爵士后来也没记恨，还另外替他找了份工作。"

"可是别人度量就没这么大了，对不对？"卢克问。

"是啊，我也不用说是哪些人了，你一定猜不出来的，就拿艾伯特先生来说，他一直都对人那么和气，老爱和人开玩笑什么的。"

"汤米也惹恼了他？"

皮尔斯太太说："我相信那孩子一点恶意都没有。而且话说回来，文件要是真的那么秘密，不能给人看的话，就不应该放在桌上。"

"是啊，"卢克说，"律师办公室里的机密文件应该锁到保险柜才对。"

"对极了，先生，我也是这么说，皮尔斯先生也跟我想法一样。而且汤米其实也没看到多少。"

"他到底看到了什么？别人的遗嘱？"卢克问。他想过，直接问文件内容也许会使皮尔斯太太迟疑，可是只要他先提出自己的猜想，马上就能得到对方的反应——他猜想得没错。

"噢，不是，先生，不是那种东西，根本没什么大不了，只是一封私人的信——是一位小姐写的……可是汤米连写信人的名字都没看清楚。我说啊，根本就是大惊小怪，小题大做。"

"艾伯特先生一定很容易生气。"卢克说。

"看起来好像是的。先生，我说过，跟艾伯特先生说话实在很愉快，他老爱跟人家开玩笑什么的，可是我也听说他那个人很难打交道。他跟亨伯比医生是死对头，是可怜的医生死之前没多久的事。对艾伯特先生来说可不大愉快，人总不愿意在别人死后说其很多坏话，因为死人是不会反驳的。"

卢克郑重其事地摇摇头，喃喃说："太对了——太对了。"又说，"真是的，他跟亨伯比医生吵过架，医生就死了。对你儿子不好，结果你儿子也死了。我想这么一来艾伯特先生以后一定会不敢再乱开口了。"

"哈利·卡特也一样——就是七星酒店的老板，"皮尔斯太太说，"卡特掉进水里淹死的前一个礼拜，他们刚刚大吵过一架，不过那当然不能怪艾伯特先生，都是卡特自己不好。他喝得醉醺醺，然后到艾伯特先生家去，用脏话骂个不停。可怜的卡特太太，她不知道受了多少气，至少对她来说，卡特死了还比活着好。"

"他留下一个女儿，对吧？"

"噢，"皮尔斯太太说，"我这个人从来不喜欢说人家闲话。"这句话有点出乎卢克的意料，可是似乎还有商量的余地，于是卢克竖起耳朵，静静等着。"我想这件事没什么大不了。露西·卡特算得上是个年轻漂亮的女人，要不是他们身份悬殊，我想也没人会注意什么。可是既然有人说闲话了，就没办法否认，尤其卡特又到律师家大吼大叫。"

卢克大略猜出她话中的意思，说道："看起来艾伯特先生好像很懂得怜香惜玉。"

"绅士通常都会，"皮尔斯太太说，"其实他们也没什么意思，只是随便交谈一两句话，可是上流人士就是上流人士，免不了会引人注意，尤其是我们这种宁静的小地方。"

"这里很可爱，"卢克说，"一点都没有受到世俗的破坏和骚扰。"

"艺术家是会那样说，可是我自己老觉得这地方有点赶不上时代，譬如说，这里没什么了不起的大厦。可是人家亚许维尔那边就有好多可爱的新房子，有的还有绿屋顶和彩色玻璃窗。"

卢克有点毛骨悚然地说："你们这里也有一幢新房子。"

"噢，对呀，大家都说那幢楼盖得很好，"皮尔斯太太非常热心地说，"当然，爵士对本地的贡献实在太大了。他完全是一片好心，我们都知道。"

"可是你们觉得他的努力不见得完全成功？"卢克问。

"噢，当然啦，先生，他并不是真的贵族出身——不像韦恩弗利特小姐或者康威小姐。你知道，爵士的父亲从前就在走过去几家那儿开鞋店。我母亲还记得戈登·瑞格在鞋店里工作的情形——记得一清二楚。当然啦，他现在当了爵士，又那么有钱，情形当然不一样了，对不对？先生。"

"那当然。"卢克说。

"你不会怪我提到这件事吧，先生。"皮尔斯太太说。

"当然啦，我知道你现在住在庄园，正在写一本书，可是你是康威小姐的堂兄，那就完全不一样了。我们都很高兴她又要回庄园当女主人了。"

"是啊，"卢克说，"我相信你们一定很高兴。"说完，他付了香烟和报纸钱，同时在心里想：个人因素，我可不能把这件事加上个人因素。去他的，我是到这里来追查凶手的，那个黑头发的女巫婆嫁不嫁谁，又有什么关系？她跟这件事根本不相关。

他沿着大街缓缓向前走，好不容易才把布丽吉特的影子从脑海里赶走。他自言自语道："好了，现在该想想艾伯特和对他不利的证据了。我已经找出他和三个死者之间的关系了。他跟医生吵过架，跟卡特吵过架，也跟汤米·皮尔斯吵过，结果这三个人都死了。那个女孩艾米·吉布斯呢，那个淘气的男孩看到了什么私人信件？他知不知道是谁写的呢？也许知道，可是没告诉他母亲。万一他知道，而且艾伯特觉得应该让他闭上嘴？嗯，有可能。也只能这么猜了——有可能！可是还不够让人满意。"

卢克加快了脚步，突然有点愤怒地看看四周，如此想着——这个该死的村子让我越来越紧张。看起来那么安详、恬静、无邪，可是却发生了一连串可怕疯狂的杀人案。或者说，疯的是我，疯的是拉维妮亚·平克顿？无论如何，这些事也许完全是巧合——对，包括亨伯比医生的死和其他人的死都只是巧合。他回头望望大街，忽然有一种很不真实的感觉。他告诉自己，世界上不会真的有这种事，又抬头看看阿什山脊长而弯曲的弧线，那种不真实感又立刻消失了。阿什山脊是真实存在的，它知道这里发生过什么事——巫术、狠毒的行为、被人遗忘的吸血和邪恶仪式。

他再度举步向前。山脊那边走过来两个人影，他马上认出是布丽吉特和埃尔斯沃思。年轻人用他奇怪而不讨人喜欢的手在比着手势，头正俯向布丽吉特那边，看来像是从梦境中走出来的两个人，就连他们从一处草丛踏进另一处草丛，也像悄然无声似的。她那种奇怪的魔力又缠绕着卢克，他对自己说："被巫婆迷住了——我真是被巫婆迷住了。"

他一动不动地站着，全身仿佛有一种奇怪的麻痹感，他后悔地自语道："谁才能解开符咒呢？谁也没办法。"

第十章　罗丝·亨伯比

就在这时，他背后发出一个轻微的声音，他立刻转过身。是个女孩，一个非常漂亮的女孩，棕色的卷发盘绕在耳边，深蓝色的眼睛里有一种羞怯畏惧的眼神。她有点尴尬地红着脸，说："你是菲茨威廉先生吧，对不对？"

"是的，我——"

"我是罗丝·亨伯比，布丽吉特告诉我——你认识一些我父亲的朋友。"

卢克不好意思地微红着脸，有点笨拙地说："他们——噢——是——是他年轻时候的朋友，那时候他还没结婚。"

"噢，我懂了，"罗丝·亨伯比似乎有点失望，不过她又说，"听说你正在写一本书，是吗？"

"是的，我是说我正在收集资料，是有关乡下迷信之类的书。"

"我懂了，听起来好像很有意思。"

卢克对她微微一笑，心里想："咱们的托马斯医生可真幸运。"

"有些人就有本事把最有趣的题材变得叫人受不了，我想我就是那种人。"卢克说。

罗丝·亨伯比先是莞尔一笑，然后说："你真的相信——相信迷信哪些吗？"

"这个问题很难回答，因为不一定有因果关系，你知道，人也可能对不相信的事产生兴趣。"

"嗯，我想是吧。"女孩用不太确定的声音说。

"你迷信吗？"

"噢——不，我想我不算迷信，不过我相信事情往往会接二连三地发生。"

"接二连三？"

"对，比如说会噩运连连或者好运不断。我是说，我觉得威奇伍德在最近的一段时间里，好像总受到诅咒。我父亲死了，平克顿小姐被车子撞死，还有那个小男孩从窗口掉下去，我——我开始觉得有点讨厌这里，好像我应该离开似的。"

她的呼吸变得有点急促，卢克若有所思地看着她，问："你是这样觉得的？"

"噢，我知道我的想法很傻，也许是因为可怜的父亲死得太意外，太突然了。"她颤抖了一下，"接下来是平克顿小姐，她说……"她顿住了。

"她怎么说？她是位可爱的老小姐，我想——很像我的一个姑姑。"

"噢，你认识她？"罗丝的脸上闪亮着喜悦的光芒，"我很喜欢她，她对我父亲也很关心，不过我有时候忍不住怀疑她是不是苏格兰人所谓的先知。"

"为什么？"

"因为，实在很奇怪。她好像很担心父亲会出事，甚至可以说警告过我。后来有一天，就是她进城去的前一天，她的态度很奇怪，兴奋得不得了。老实说，菲茨威廉先生，我真的觉得她是那种有预知力的人。我想她大概知道自己会出事，也知道父亲会发生意外。实在——实在有点可怕！"她向他靠近一步。

"有时候人就是能知道未来的事，"卢克说，"却不一定跟超自然有关。"

"对，我想这是很自然的事，真的。只是大部分人都没有这种能力，不过我还是很担心。"

"不用担心，"卢克温和地说，"别忘了，现在一切都已经过去了，老是回忆往事是没用的。我们必须面对现实，迎接未来。"

"我知道，可是问题还不只是这样，"罗丝·亨伯比迟疑着说，"还有一件事牵涉到你表妹。"

"我表妹？布丽吉特？"

"是的，平克顿小姐也一样替她担心，她老是向我问东问西，所以我想她也很担心你表妹。"

卢克倏地转身看看山边，他有种莫名其妙的恐惧。幻想，那应该全都是幻想吧！埃尔斯沃思只是对人毫无伤害的业余艺术收藏家，在这里开了家小店。罗丝仿佛知道他的想法，问道："你喜欢埃尔斯沃思先生吗？"

"一点儿都不喜欢。"

"杰夫里——你知道，就是托马斯医生——也不喜欢他。"

"那你呢？"

"噢，我也不喜欢，我觉得他很可怕，"她又向他靠近了些，"有很多关于他的谣言，听说他会在女巫草坪举行奇奇怪怪的仪式，他很多朋友都从伦敦赶来参加——那些人看起来都神经兮兮的，汤米·皮尔斯也是他的助手。"

"汤米·皮尔斯？"卢克尖声问。

"嗯，他参加了入教仪式，还有一件红色法衣。"

"是什么时候的事？"

"有一段时间了，大概是三月吧。"

"这里什么事好像都有汤米·皮尔斯的份？"

罗丝说："他很爱追根究底，什么事都想知道。"

"也许他最后知道的实在太多了。"卢克绷着脸说。

罗丝只听出字面上的意思，她说："那个小男孩实在有点讨厌，不是恶作剧就是欺负猫狗。"

"就算他死了也没人难过？"

"嗯，我想是的，不过他母亲当然非常伤心。"

"我想她还有六个宝贝可以安慰她，那个女人的舌头可真长。"

"她是话多了一点，不是吗？"

"我只向她买了一罐香烟，就好像知道村子里所有人的故事了。"

罗丝难过地说："这种小地方就是这么可恶，每个人对别人的事都知道得一清二楚。"

"噢，那倒不见得。"卢克说。

她用疑问的眼光看着他。卢克意味深长地说："没有人能完全了解另外一个人的一切，就连最亲近的人也一样。"

"就连……"她顿了顿，又说，"嗯，我想你说得对，可是我希望你以后不要再说这么可怕的话了，菲茨威廉先生。"

"吓着你了？"

她缓缓点点头，然后忽然转身，"我该走了，要是……要是你没有其他重要的事——我是说如果可能的话，希望你务必来看看我们。家母一定……一定很高兴看到你，因为你认识我父亲那么久以前的朋友。"她缓缓走开，微低着头，仿佛负担着什么忧虑或困扰似的。

卢克看着她远去,心头忽然涌起了一阵孤独感,他想保护那个女孩。为什么呢?这么一自问,卢克不禁感到一阵不耐烦,不错,罗丝·亨伯比的父亲才去世不久,可是她还有母亲,也和一个绝对能在任何方面保护她的英俊年轻人订了婚。那么,他菲茨威廉又为什么会有想要保护她的感觉呢?

"不管怎么样,"他穿过阿什山脊的阴影下时,心里想道:

"我喜欢那个女孩子,像托马斯那种冷酷高傲的魔鬼,实在不配娶她。"医生送他到门口时的那种微笑又浮现在他眼前,假道学!装模作样!自以为了不起!

前面不远处传来脚步声,把卢克从愤怒的沉思中惊醒过来。他抬起头,看见埃尔斯沃思先生从山径走过来,两眼看着地面,高兴地独自微笑着。卢克看到他的表情就很不喜欢,埃尔斯沃思不像是在走路,而像是在往前跳——就像照着脑子里奇怪诡异的舞蹈节拍前进一样。他的微笑就像心里有什么奇怪的秘密,使他乐得忍不住笑歪了嘴似的,让人看了很不舒服。卢克停下脚步,这时,埃尔斯沃思也几乎走到他面前,最后,他终于抬起头来。他眼神里有一种恶毒的意味,但是他马上就认出来了,接着——至少在卢克看来是这样——他完全变了另一种模样。一分钟之前,他还像个森林中手舞足蹈的半人半兽,可是此刻却变成一个一本正经的年轻人,"噢,菲茨威廉先生,早安。"

"早安,"卢克说,"你在欣赏自然美景吗?"

埃尔斯沃思先生用修长白皙的手做了个责备的手势说:"噢,不是,不是,我讨厌自然,可是却很热爱生命,菲茨威廉先生。"

"我也是。"卢克说。

"'智者都热爱生命'。"埃尔斯沃思先生用略带反讽的口吻说,"我相信这对你一点都没错。"

"还有更糟糕的事呢。"卢克说。

"亲爱的先生!健全的头脑是很不可靠又惹人厌的东西。一个人一定要有点疯狂,有点怪癖,才能从一种新的、叫人着迷的角度来看人生。"

"就像麻风病人用斜眼看人一样。"

"好极了,好极了,真是聪明!不过你知道,这确实值得研究,是一种很有趣的欣赏角度。我想我不应该再耽误你的时间了,你是在做运动吧。每个人都需要运动——公立学校的精神!"

"你说得对。"卢克说完,向他礼貌地点点头就走开了。

他想:"我实在太爱胡思乱想了,他只是个笨蛋,没别的。"可是内心却有一种难以捉摸的忧虑,促使他加快了脚步。埃尔斯沃思脸上那种诡异、胜利的微笑——难道只是他的想象?他认出卢克之前那种奇怪的眼神——又该怎么解释呢?他心中的不安越来越浓,他想:"布丽吉特呢?她是不是平安无事?他们一起上来,可是只有他一个人回来,发生了什么事吗?"

他快步往前走。他和罗丝·亨伯比谈话的时候,太阳曾经出来露脸,现在却又躲到云层后面去了。天空阴沉沉的,山边不时吹来阵阵冷风,他就像从平静的日常生活突然踏进一个妖术的世界中。自从他到威奇伍德之后,就一直被这种感觉围绕着。他转了个弯,来到曾经从低处看到过的那块绿草地,他知道,这就是所谓的"女巫草坪"。传说中,每当五月一日前夕的巫婆狂欢夜和万圣节,女巫都会到这里举行盛宴。接着,他忽然放下了心中的重担——布丽吉特在这里,她正靠在山边一块岩石上坐着,俯身把头埋在手中。卢克迅速走到她身边,喊道:"布丽吉特?"

卢克有点不知所措地问:"你——你没事吧?对不对?"

她沉默了一两分钟——仿佛仍然没有从那个遥远的世界回到现实中一样。卢克觉得自己所说的话似乎绕了一大圈才传到她耳边。最后她终于开口道。"当然没事,我为什么会出事?"她的声音很尖,甚至带着些敌意。

卢克微笑道:"我知道才有鬼呢,我忽然替你担心起来。"

"为什么?"

"我想主要是因为目前我所住的地方那种闹剧似的气氛,使我看一切东西和平常的心情都不同。要是有一两个小时看不到你,我当然会设想也许会在水沟里发现你血淋淋的尸体——我是说,如果这是小说的话。"

"女主角从来不会被人杀死。"布丽吉特说。

"对,可是……"卢克及时住口。

"什么?"

"没什么。"

感谢老天让他及时住口,因为他总不能对一位年轻漂亮的小姐说,"可你不是女主角啊。"

布丽吉特说:"女主角有时候会被人诱拐,关进牢里,或者囚禁在地下室,可是尽管碰到很多危险,最后都不会死。"

"甚至也不会变老,"卢克说,"这就是女巫草坪吧?"

"对。"

他低头看看她,亲切地说:"你只需要找把扫帚就够了。"

"对了,埃尔斯沃思也这么说。"

"我刚刚看到他。"

"有没有跟他说话?"

"有,我觉得他有意惹我生气。"

"成功了吗?"

"他的手段太幼稚了!"他顿了顿,又突然说,"他很奇怪,有时候你会觉得他一切都糊里糊涂,乱糟糟的,可是过一下又会怀疑自己到底有没有看走眼。"

布丽吉特抬头看看他,说:"你也有这种感觉?"

"你也这么觉得?"

"对,"布丽吉特说,"他有一点怪怪的,我昨天晚上躺在床上想了好久,一直在想这件事。我觉得要是……要是村子里有一个杀人凶手,一定是个疯子。"

卢克想起托马斯医生的话,便问:"你不觉得杀人犯也可能像你我一样正常吗?"

"不会是那种凶手,我觉得这个凶手一定神经有问题,所以我就想起埃尔斯沃思。住在这里的人就数他最奇怪。真的,他很奇怪,你就是摆脱不了这种看法!"

卢克怀疑地说:"可是有很多像他那样的人,对人也没什么伤害。"

"对,可是我想事情不只是那样,他的手很可怕。"

"你也发现了?真好玩,我也是。"

"他的手不但白,还有些发青。"

"的确,不过你总不能因为一个人的肤色奇怪,就认为他是杀人凶手啊。"

"嗯,不错,我们还需要证据。"

"证据,"卢克喃喃道,"我们最缺乏的就是证据,那个人太谨慎了,是个很细心的凶手!也是很细心的疯子!"

"我一直很想尽点力。"布丽吉特说。

"你是说埃尔斯沃思那方面?"

"对，我想我比你能从他嘴里套出话，而且已经有了一个好的开始。"

"说给我听听。"

"嗯，他好像有些狐群狗党，常常到这里来庆祝。"

"你是说无名的秘密仪式？"

"我不知道是不是无名，但的确是秘密仪式。事实上，听起来实在很可笑，很幼稚。"

"他们大概供奉魔鬼，跳些淫舞吧？"

"差不多，而且显然他们能从中得到乐趣。"

"这方面我也有点资料，"卢克说，"汤米·皮尔斯也参加过他们的仪式，他是助手，有一件红法衣。"

"所以也知道他们的事？"

"对，说不定这就是他的死因。"

"他也到处跟人说？"

"对——也可能他想私下敲诈他们？"

布丽吉特沉吟道："我知道这有点不可思议，可是如果发生在埃尔斯沃思身上，就没什么好奇怪的了。"

"嗯，我同意，如果对象是他，就真的有可能。"

"我们已经知道他和两名死者的关系，"布丽吉特说，"汤米·皮尔斯和艾米·吉布斯。"

"酒店主人和亨伯比医生呢？"

"目前还不知道。"

"酒店主人是不知道，不过我可以想象出他要除掉亨伯比医生的动机，也许他身为医生，看出埃尔斯沃思的精神不正常。"

"对，有可能。"

然后布丽吉特笑笑，说："我今天早上工作进行得不错，我的内心很坚强，我说我的高曾祖母差点因为会巫术被烧死的时候，他都快高兴死了，我想下次他们有什么狂欢宴的时候，说不定会请我参加呢。"

卢克说："布丽吉特，看在老天的份儿上，小心一点。"

她惊讶地看看他。

他站起来，说："我刚才碰见亨伯比医生的女儿，谈起平克顿小姐，她说平克顿小姐很担心你。"

布丽吉特正要站起来，一听这话忽然僵住了："什么？平克顿小姐担心——我？"

"是罗丝·亨伯比说的。"

"她真的这么说？"

"不错。"

"她还说了什么？"

"没什么。"

"真的？"

"真的。"

布丽吉特沉默了一会儿，然后说："我懂了。"

"平克顿小姐担心亨伯比医生，结果他死了。现在我又听说她担心你——"

布丽吉特笑笑，站起来摇摇头，长发又飞扬缠绕在她脸上，她说："别担心，魔鬼会照顾自己的同类的。"

第十一章 霍顿少校的家庭生活

卢克背靠在银行经理桌子对面的那张椅子上,说道:"好了,这样我很满意,恐怕浪费了你不少宝贵时间吧?"

琼斯先生不赞成地摆摆手,那张黝黑的小圆脸上露出愉快的表情。"根本没有,真的,菲茨威廉先生。你知道,这是个宁静的地方,任何时候,我们都很高兴认识外来的客人。"

"这地方很吸引人,"卢克说,"什么有趣的迷信都有。"

琼斯先生叹口气说:"教育只能潜移默化,需要很长的时间才能破除迷信。"卢克说他觉得现代人把教育的功能看得太大,琼斯先生对他的话很意外。

他说:"就拿惠特菲尔德爵士来说,他对本地的贡献非常大,他自己年轻时候曾感受到许多不便,所以一心想使现在的年轻人能生活在比较好的环境里。"

"不过他早年所处的环境虽然不好,却没有妨碍他成为大富豪。"卢克说。

"对,那一定是因为他有超人的才能。"

"或者运气。"卢克说。

琼斯先生非常惊讶。卢克说:"运气的确很重要,就拿杀人凶手来说,为什么有些凶手能成功地逍遥法外?是他的才能出众,或者只是运气好?"琼斯先生承认这可能只是运气好。

卢克又说:"再拿贵地那位酒店老板卡特来说,他一星期可能有六个晚上都喝得醉醺醺的,可是偏偏有一天晚上失足,从小桥上掉进河里淹死,这又是运气的关系。"

"对有些人来说,这倒是幸运的事。"银行经理说。

"你是指……"

"他太太和女儿。"

"噢,对,对,那当然。"

一名职员敲门进来,送来一沓文件。卢克签了名,接过支票,站起来说:"真高兴一切都解决了。你在今年德比赛马中运气不错吧?"

琼斯先生笑着说自己不是个嗜赌的人,又说他太太很反对赛马。

"这么说你没去德比?"

"是没去。"

"这里有人去吗?"

"霍顿少校去了,他对赛马很有兴趣,艾伯特先生那天也多半休息,不过他并不支持获胜的马。"

"我想很多人都一样。"卢克说完向对方道别,然后就离开了。

走出银行大门后,他点了一支烟。

除了嫌疑极其微小之外,卢克觉得也没有其他理由再打扰琼斯先生,这位银行经理对卢克试探性的问题毫无兴趣,要把他想象成杀人凶手实在很不容易。此外,德比赛马那天他也没离开村子。不过无论如何,卢克此行总算没有空手而回,他知道了两点——霍顿少校和律师艾伯特先生在德比赛马那天都不在威奇伍德,也就是说,平克顿小姐遇害那天,他们两人都有可能去过伦敦。

虽然卢克目前并不怀疑托马斯医生,可是如果他能肯定赛马那天确实在威奇伍德行医,那就更放心了。他暂时在脑子里记住这一点,接着他又想到埃尔斯沃思,德比赛马那天他在不在威奇伍德呢?如果在,他行凶的可能性就小多了。卢克也想到,平克顿小姐的死可能完全是意外。只是他马上又排斥了这种想法,她死得太凑巧了。

卢克上了自己停在街边的车子,开到派普威尔修车厂,就在大街那边的尽头。他想询问几件有关开车方面的小事,一个面貌英俊、长着雀斑的年轻技工专心地听完之后,掀起车盖,两人又讨论起技术方面的问题。

有人在喊:"吉姆,过来一下。"那名雀斑技工依言走过去。吉姆·哈尔韦,对,艾米·吉布斯的男朋友就叫吉姆·哈尔韦。一会儿,他就道着歉回来,再度和卢克讨论起技术问题。

卢克同意把车留下,临走前,他似乎漫不经心地问了一句:"今年德比赛马有什么收获吗?"

"没有,先生,我在克拉里戈尔德上下赌注。"

"没有多少人支持裘裘比二世吧?"

"是呀,说真的,先生,我想连报上都不认为它有入围的机会。"

卢克摇摇头,说:"赛马是很难掌握的比赛,你看过德比赛马吗?"

"没有,先生,我实在很想去。今年我本来要求老板放我一天假,可以买便宜火车票到埃普索姆镇去,可是老板不肯。老实说,我们人手真的不够,那天工作又多。"

卢克点点头就离开了,并且把吉姆·哈尔韦从他的嫌疑犯名单上除掉。这个春风满面的男孩不会是秘密凶手,拉维妮亚·平克顿也不是他辗死的。

他沿着河边回去。他曾经在这里遇见过霍顿少校和他的狗。这一次又碰见少校轮流大声喊着那些狗,"奥古斯都……奈丽!奈丽,听到没有!尼禄,尼禄,尼禄!"那对金鱼眼再度瞪着卢克,不过这次霍顿少校又加上一句话:"对不起,你是菲茨威廉先生吧,对不对?"

"是的。"

"我是霍顿——霍顿少校,我想明天早上我们还会在庄园见面,我们约好了打网球,是康威小姐好心请我去的。她是你表妹吧?"

"是的。"

"我想也是。你知道,这地方一有生面孔,马上就会被人认出来。"这时两只牛头犬碰到一只白色杂种狗,"奥古斯都!尼禄!过来,先生!过来,我叫你们过来!"

等奥古斯都和尼禄好不容易不情愿地听从他的命令,霍顿少校又回到原先的话题。卢克正在轻轻抚弄奈丽,后者也正多情地看着他。"真是好狗,不是吗?"少校说,"我喜欢牛头犬,始终养着一些,我喜欢它们胜过任何其他品种。我就住在附近,一起坐坐喝点饮料吧。"

卢克接受了他的邀请,两人边走边谈,霍顿少校话题始终不离狗,而且谈到任何其他狗都不如他养的牛头犬。他向卢克介绍有关奈丽、奥古斯都和尼禄的光荣历史。

这时,他们到了少校的家门口,少校顺手推开没上锁的大门,两人一起走进屋里。霍顿少校带他走进一间带有狗味儿的小房间,墙边排着一列书架,少校忙着喝酒,卢克打量了一下四周。有一些狗的照片,几本《乡野生活》,两张陈旧的摇椅。书架边有些银杯，壁炉上有一幅油画。"我太太，"少校抬起头，发现卢克正在看那幅画，就解释道，"她是个很特别的女人，长得很有特点，你说对不对？"

"是啊，一点都不错。"卢克看着已故的霍顿太太遗像说。画中的她穿着一件粉红色的缎子衣服，手里拿着一束铃兰，棕发中分，嘴唇严肃地紧闭着，冷冷的灰眼似乎不高兴地看着面前的人。

"很特别的女人，"霍顿少校递给卢克一个杯子，说："死了一年了，她死了以后，我就完全变了。"

"是吗？"卢克不知该如何接下去好。

"坐。"少校朝一张皮椅指了指，自己在另外一张椅子上坐下。他喝了一口威士忌苏打，又说，"不错，我完全变了一个人。"

"你一定很想念她吧？"卢克笨拙地说。

霍顿少校黯然摇摇头，说："每个人都需要太太在背后鞭策自己，不然就会懈怠下来，放纵自己乱来。"

"可是——"

"孩子，我知道自己在说什么。记住，我的意思并不是说婚姻之路会一帆风顺，它一定是艰难、崎岖不平的。说起婚姻，人们都会来一句'该死的'，还会说迷失了自我，心已经碎了。通常都是这样的。"

卢克想，霍顿少校的婚姻生活一定像在打一场军事战争，而不是幸福甜蜜的家庭生活。少校自言自语地说："女人，是一种奇怪的东西，有时候好像怎么样都不能使她们满意，可是我的天，女人确实能使男人努力向上。"卢克尊敬地沉默着。"你结婚了吗？"少校问。

"没有。"

"嗯,好,你总会了解的。记住,孩子,没有任何事能比婚姻更重要。"

"听别人说结婚好,实在很让人高兴,尤其是现在那么多人都不把离婚当回事。"

"呸!"少校说,"年轻人实在很过分,一点耐性都没有,什么事都不能忍受!什么苦都不能吃!"卢克实在很想请教他,何以必须吃苦,可是他还是尽力克制着自己。

少校又说:"记住,莉蒂亚是千中选一的女人!一千个人里面才有一个她那种人。这里每个人都应该尊敬她。"

"嗯?"

"她不愿意忍受任何荒唐的事,只要她用眼睛一看人家,那个人就会颓丧下去——颓丧得不得了。现在那些自称为仆人的黄毛丫头,以为主人应该忍受任何侮辱,莉蒂亚马上就会给她们颜色看!你知不知道,我们一年里换了十五个厨子和女佣,十五个!"卢克觉得这实在不能算是对霍顿太太治家方面的恭维,可是既然主人认为这一点与众不同,足以傲人,他只好含糊地喃喃应了一声。少校又说,"要是哪个人不适合,她马上就换掉!"

"一直都这样吗?"卢克问。

"噢,当然,很多人都离开了。走了最好!莉蒂亚一直这样说!"

"精神可嘉,"卢克说,"可是那不会有点不方便吗?"

"噢,我不在乎亲自动手,"霍顿说,"我烧菜的本事不错,也很会生火,我不喜欢洗碗,可是碗总得要洗哪,那是没办法的事。"

卢克表示同意他的看法,并且问起霍顿太太在打理家务方面是否能干,"我可不是要太太伺候的男人,"霍顿少校说,"而且莉蒂亚实在太娇弱了,不适合做家务。"

"这么说她身体不太好喽?"

霍顿少校摇摇头:"她精神很好,不肯服输,可是她实在吃了很大的苦!居然连医生都不同情她!医生都是冷血动物,只懂肉体上的痛苦,其他不平常的事都不知道。就拿亨伯比来说,大家好像都以为他是个好医生。"

"你不同意?"

"他根本就无知透了!对任何现代新发现都不懂!我看他恐怕连什么叫神经病都不懂!我想他大概知道麻疹、跌断腿这些毛病,可是别的就一点都不懂了!我最后跟他吵了一架,把什么都开门见山地说出来,他当然不高兴,马上就火冒三丈,说我早就应该请我喜欢的医生来看。后来我们就换了托马斯。"

"你比较喜欢他?"

"他比那家伙聪明多了,在她生病的末期,他的确给她带来一些起色,老实说,她本来已经好多了,可是有一天又旧病复发。"

"很痛苦吧?"

"嗯,很痛,急性胃炎什么的。那个可怜的女人真是吃了不少苦!她真是个勇士!医院来的那两位护士对她同情得不得了,'病人这个''病人那个'的。"少校摇摇头,一口喝干杯中的酒,"真受不了那些护士!自以为多了不起似的!莉蒂亚坚持说她们想毒死她,当然不是真的——托马斯说很多病人都有这种病态的幻想。不过有一点倒没错——那两个女人不喜欢她。女人最糟糕的就是这一点——看不起同性。"

"我想,霍顿太太在威奇伍德一定有不少好朋友吧?"卢克

86

知道自己的问话并不高明,可是实在想不出更恰当的话。

"大家都对我们不错,"少校有点勉强地说,"惠特菲尔德送了些他家种的葡萄和桃子,两位老小姐也会来陪她,我是说奥诺丽亚·韦恩弗利特和拉维妮亚·平克顿。"

"平克顿小姐常常来吗?"

"嗯,她是个很普通的老小姐,不过对人很好!她一直很担心莉蒂亚,常常问起她吃些什么东西和什么药,的确是一片好意。不过你知道,我觉得实在是小题大做。"卢克表示了解地点点头。"我最受不了别人大惊小怪了,这里女人真够多的,连好好打场高尔夫球都没办法。"

"古董店那个年轻人怎么样?"卢克问。

少校不屑地说:"他不打高尔夫。"

"他来威奇伍德很久了吗?"

"大概有两年了,没什么出息的小人。这些长头发、呜呜叫的家伙真讨人厌。奇怪的是,莉蒂亚居然喜欢他!女人对男人的看法最不可靠了,她甚至坚持要用他的偏方!我想一定是月圆之时采回来的草药。实在愚蠢透了,可是她偏偏敢吃——哈哈!"

"艾伯特是个什么样的人?我是指这里的律师。他很精通法律吧?我有点法律方面的疑问,也许会去请教他。"卢克知道话题改变得有点突然,可是他判断得没错——霍顿少校不会意识到这种改变。

"听说他很精明,"霍顿少校坦白地说,"不知道是不是真的。老实说,我跟他吵过一架。自从莉蒂亚临死前,他来这儿替她立下遗嘱之后,我就一直没见过他。照我看来,他是个卑鄙小人。不过当然啦,"他又说,"那对他的工作能力并没有影响。"

"对、对,当然,"卢克说,"不过他看起来似乎很爱吵架,听说他跟很多人吵过架。"

"他的毛病就是太爱生气,"霍顿少校说,"好像以为自己是万能的上帝,任何人不同意他的看法就像犯了天条一样。"

"有没有听过他跟亨伯比吵架的事?"

"他们吵过一架,对不对?"

"吵得天翻地覆。记着,我可没觉得意外,亨伯比是头顽固的驴子。"

"他死得很可怜。"

"亨伯比?噢,大概是吧,太疏忽了,血液中毒是最危险的事,我要是有什么伤口,一定马上搽碘酒。很简单的事嘛!亨伯比自己就是医生,连这点小事都不肯动手!从这一点就可以看出来了!"卢克不十分了解他指的是什么,不过他没有追问下去,只是看看表,站起来。

霍顿少校说:"赶回去吃午饭?一定是。好吧,很高兴能跟你聊天。你以前在什么地方工作?马扬海峡?我从来没去过。听说你正在写一本书,有关迷信什么的。"

"是的,我——"

可是霍顿少校马上抢着说:"我可以告诉你一些有趣的事,我住在印度的时候,我麾下那些男孩——"

忍耐了十分钟很平凡的有关印度事迹的故事之后,卢克终于得以脱身。刚走出门外,又听到少校在后面大声叫唤着尼禄。卢克对婚姻生活的魔力实在很惊讶,霍顿少校似乎真的很惋惜失去妻子——一个无论从哪一方面来看都跟吃人的老虎差不多的妻子。但是卢克又忽然问自己,也许他只是在极度巧妙地虚张声势呢?

第十二章 交锋

　　幸好下午那场网球之约还不错,惠特菲尔德爵士兴致勃勃,非常愉快地担任男主人的角色。他不时提到他贫困的出身。打球的人一共有八位——惠特菲尔德爵士、布丽吉特、卢克、罗丝·亨伯比、艾伯特先生、托马斯医生、霍顿少校和海蒂·琼斯——银行经理的女儿,始终咯咯笑个不停。

　　下午第二场比赛中,卢克和布丽吉特一组,惠特菲尔德爵士和罗丝·亨伯比一组。罗丝打得相当好,曾经参加过全郡的比赛,弥补了惠特菲尔德爵士很多缺点。布丽吉特和卢克打得都不算好,所以双方的实力差不多相等。

　　三局过后,卢克越打越好,他们这组以五比三领先爵士他们。就在这时,卢克发现惠特菲尔德爵士开始变得不高兴,一会儿挑剔这个不好,一会儿嫌那个不对,虽然罗丝不承认他的话,但他始终像个淘气不听话的小孩一样。可是接下来卢克发现布丽吉特故意犯了两次不该有的失误,结果反而让爵士他们赢了。布丽吉特用道歉的口气对他说:"对不起,我快累坏了。"

　　看来的确没错,布丽吉特好像一切都不对劲,爵士那一组最后以八比六获胜。接下来,大家又讨论起下一场比赛的人选,决定由罗丝和艾伯特先生一组,托马斯医生和琼斯小姐一组。

　　惠特菲尔德爵士坐下来擦擦前额,满足地笑笑,又恢复了愉快幽默的心情，并且和霍顿少校大谈特谈他报上正在连载的一系列有关"英国家居"的文章。

卢克对布丽吉特说："带我去看看菜园好吗？"

"看菜园做什么？"

"我喜欢卷心菜。"

"青豆呢？"

"也不错。"

他们离开网球场，走向菜园。星期六下午，园丁不在，在温暖的阳光下，菜园看来慵懒而安详。"豆子在这儿。"布丽吉特说。

卢克没理她的话，单刀直入地说："你为什么要故意失误？"

布丽吉特扬扬眉头，说："对不起，我太累了，网球也打得反复无常。"

"像你那种故意失误，连小孩都骗不了，还有故意把球打得那么远，实在太过分了！"

布丽吉特平静地说："那是因为我网球打得太差劲，要是我的技术好一点，也许会让你满意些。可惜我现在还控制不了球，还需要好好学习。"

"噢，你承认？"

"那当然，亲爱的卢克。"

"理由呢？"

"也很明显，因为戈登不喜欢输球。"

"那我呢？要是我也喜欢赢呢？"

"亲爱的卢克，那恐怕比不上戈登的想法重要。"

"能不能再说清楚一点？"

"要是你喜欢听，当然可以。人总不能跟自己的饭票作对，戈登是我的饭票,你却不是。"

卢克深深吸一口气,最后还是忍不住生气地说:"你跟那个可笑的小老头结婚到底是什么意思?为什么要嫁给他?"

"因为我当他秘书的时候,每周只有六镑薪水,可是做他太太却能得到一万镑,一整盒珍珠、钻石,充分的零用钱,和各种荣誉的头衔。"

"可是要尽的责任也不同啊!"

布丽吉特冷淡地说:"难道你非要对一切事情都抱着看闹剧一样的心情吗?要是你一心把戈登幻想成像情人一样疼爱太太的丈夫,我劝你趁早打消这种想法。你现在大概也发现,戈登其实是个长不大的孩子。他需要的是母亲,而不是妻子。不幸的是,他母亲在他四岁的时候就去世了,所以他要另外找一个能让他吹牛,让他得到自信,和随时愿意听他谈论自己的人。"

"你可真是牙尖嘴利!"

布丽吉特不客气地反击道:"我不会用童话来骗自己,希望你听清楚了!我是个稍微有点头脑,长相很普通,又没什么钱的女孩。我希望安安心心地过日子,做戈登妻子和做他的秘书,事实上没什么不同。一年以后,我想他连临睡前都记不得吻妻子了。唯一的不同,就是——薪水。"他们彼此看看对方,两人都气得脸色发白。布丽吉特揶揄地说:"继续往下说啊,你很古板,菲茨威廉先生。你不是可以用那句最恰当的陈腔滥调来骂我,说我是为了钱而出卖自己吗?我想这句话再适当不过了!"

卢克说:"你是个冷血的小魔鬼!"

"总比热血的小傻瓜好!"

"是吗?"

"我知道一定是。"

卢克嘲弄地说:"你还知道什么?"

"我知道怎么照顾男人!你见过约翰尼·科尼什吗?我跟他订婚三年,他很可爱,我爱他爱得发狂!可是他后来居然抛弃我,娶了一个有北方乡下口音,有三个下巴,但是一年却有三万镑收入的胖寡妇!碰到这种事,任何人都不会再有罗曼蒂克的幻想,你说呢?"卢克忽然呻吟了一声,转过身去,说:"也许吧。"

"本来就是。"

两个人都沉默了好一会儿,最后布丽吉特用一种不肯定的声音说:"我希望你了解,你没有任何权利这样对我说话。你现在住在戈登的家里,这样做太差劲了。"

卢克也恢复了镇定,礼貌地说:"你这不也是陈词滥调吗?"

布丽吉特红着脸说:"无论如何,这总是事实。"

"不,我有我的权利。"

"胡说!"

卢克看看她,她脸色苍白得奇怪,像身上有什么地方疼痛不已似的。他说:"我有权利,我有权喜欢你——你刚才是怎么说的?对,我爱你爱得发狂!"

她猛然后退一步,说:"你——"

"不错,很好笑,是不是?你应该笑得合不拢嘴才对!我是到这里来调查一件事的。那天,你从屋子转角走过来——怎么说呢?就像对我施了一道符咒!你刚才提到童话故事,我就像一脚踏进童话里一样!你把我迷住了,我觉得只要你用手指一指我,说声'变成青蛙',我的眼睛就会凸出来,在地上跳来跳去。"他向她靠近一步,"我爱你爱得发疯,布丽吉特·康威,所以你不可能要我喜滋滋地看着你嫁给一个大腹便便、连输一场球都要生气的傲慢贵族！"

"那你觉得我应该怎么办？"

"我觉得你应该嫁给我。不过当然啦，你听完之后顶多是大笑一场就算了！"

"的确非常可笑。"

"一点儿都不错，好了，我们已经把话说清楚了，要不要回网球场去？这回，你大概会替我找个能赢的球伴吧。"

"说真的，"布丽吉特甜甜地说，"我相信你完全跟戈登一样输不起。"

卢克猛然抓住她的肩膀，说："你那张嘴真是够利的，布丽吉特。"

"不管你有多迷恋我，你都不太喜欢我的个性，对吗？卢克。"

"的确不喜欢。"

布丽吉特看着他说："你回家之后，打算结婚安顿下来。对不对？"

"对。"

"对象不会是像我这种人？"

"我从来都没考虑过你这种类型。"

"对。当然啦。我了解你们这种人，了解得一清二楚。"

"你实在太聪明了，亲爱的布丽吉特。"

"你会娶个典型的英国好女孩，喜欢乡下，也很会养狗。你心目中的她也许正穿着苏格兰呢裙。用鞋尖拨弄火炉里的一根木柴。"

"听起来好像很吸引人。"

"本来就是。该回网球场了吧？你可以和罗丝·亨伯比同组。

她打得那么好,你们一定会赢。"

"我是老派的人,随你安排。"

又是一阵沉默之后。卢克缓缓从她肩上收回自己的手,两人都迟疑地站着,仿佛还有什么话难以启齿似的。

接着,布丽吉特突然转身,带头往回走。下一场比赛刚刚结束,罗丝反对再打下去:"我已经打了两场了。"

可是布丽吉特也坚持道:"我累了,不想打了,你可以跟菲茨威廉先生一组。琼斯小姐和霍顿少校一组,再比一场。"

但罗丝还是不愿意,结果由四个男子比赛了一场。赛完之后,一起喝了下午茶。

惠特菲尔德爵士向托马斯医生滔滔不绝地谈起他最近到威勒曼研究实验室的行程。"我想亲自了解最新的科学发现。"他热心地解释道,"我总得对自己报上的言论负责。这一点非常重要,这是个科学时代。一定要让一般大众多多接触和吸收科学。"

"对科学一知半解也许相当危险。"托马斯医生轻轻一耸肩说。

"我们的目的就是把科学带进家里,"惠特菲尔德爵士说,"人人具有科学头脑——"

"知道什么是试管。"布丽吉特低声说。

惠特菲尔德爵士说:"威勒曼亲自带我到处参观。我说只要派个职员就行了,他偏偏坚持不肯。这让我对他很有好感。"

"那当然。"卢克说。

惠特菲尔德爵士看来很高兴。"他把一切都解释得非常详细——细菌培养、血清、工作的整个原理等等。还答应亲自替我们写一篇文章。"

安斯特拉瑟太太喃喃道:"我想他们一定是用天竺鼠做实验。真残忍。不过总比用狗,甚至用猫好一点。"

"用狗做实验的人都该死。"霍顿少校粗鲁地说。

"霍顿,我真的觉得你把狗的命看得比人命还可贵。"艾伯特先生说。

"当然!"少校说,"狗不像人那样会背叛你,也不会用脏话骂人。"

"顶多只会用脏牙齿咬人家的腿。"艾伯特先生说,"对吗,霍顿?"

"狗最会区分好人和坏人。"霍顿少校说。

"上礼拜,你家的一条狗差点在我腿上咬一口。你怎么说,霍顿?"

"回答还是一样。"

布丽吉特及时打岔道:"再打打网球怎么样?"

于是又安排了两场比赛。最后当罗丝·亨伯比向大家道别时,卢克站到她身边说:"我送你回去,顺便替你拿网球拍。你没车吧,对不对?"

"没有,可是路很近。一会儿就走到了。"

"我想散散步。"卢克没再说什么,只是接过她手中的球拍和球鞋。两人一起默默沿着街镇向前走。后来罗丝随口提了一两件小事,卢克也慢声应着。可是她似乎没有注意到,走到她家大门时,卢克的表情才开朗起来。

"我现在心情好一点儿了。"

"你刚才心情不好?"

"谢谢你假装没发现。不过你已经除掉了我心头的阴影,真奇怪。我觉得就像从乌云密布的地方走到一个阳光普照的地方。"

"本来就是啊。我们离开庄园的时候,有一块乌云遮住了太阳,现在已经散开了。"

"好了，好了，这世界看起来还算不错。"

"当然不错。"

"亨伯比小姐。我可以鲁莽地说一句话吗？"

"我相信你一定不会太鲁莽。"

"嗯？别太肯定，我觉得托马斯医生实在非常幸运。"罗丝羞红了脸笑笑。卢克又说："你真的和他订婚了？"

罗丝点点头。"不过我们还没正式宣布，因为你知道，我父亲是反对这件事的。如果他刚死就宣布我们订婚，好像……好像有点太残忍了。"

"你父亲不赞成？"

罗丝不情愿地低下头说："是的，我想他不大喜欢杰夫里。"

"他们彼此很敌视？"

"有时候好像是，当然啦。我父亲是个有点顽固的老小孩。"

"我想他一定很喜欢你，不愿意失去你吧？"罗丝表示没错。但是她似乎欲言又止。

"不只是这样？"卢克追问，"他根本就不希望你嫁给托马斯？"

"是的。你知道，他和杰夫里在某些方面实在很不一样，所以免不了发生冲突。杰夫里很有耐性，可是他知道我父亲不喜欢他，所以态度就更保守、更害羞，这么一来，我父亲就更没办法了解他了。"

"偏见是很难改变的。"卢克说。

"可是实在太不合理了！"

"你父亲没有提出理由？"

"没有，根本就找不出理由嘛！我是说，他根本找不出反对杰夫里和我交往的理由，只能说不喜欢他。"

"'我不喜欢你，杰夫里医生。理由嘛，连我也说不出。'"

"一点儿都没错。"

"他抓不到什么缺点？我是说，你的杰夫里既不喝酒也不赌马？"

"不。我想杰夫里甚至连马赛是哪一匹马获胜都不知道。"

"那就奇怪了，"卢克说，"我知道，我敢发誓我德比赛马那天在埃普索姆镇看到过他。"

有一会儿他真担心，不知道自己有没有向她提过。他是德比赛马那天才回到英格兰的。不过罗丝一点也没起疑心，马上答道："你说在德比看见杰夫里了？噢，不可能，他走不开，那天他几乎一整天都在威奇伍德替一名难产妇女接生。"

"你的记忆力真好！"

罗丝笑着说："他告诉我。那家人替婴儿取了一个小名叫袭袭比，所以我特别记得。"

卢克心不在焉地点点头。

罗丝又说："不管怎么样。杰夫里从来不去看赛马，他会烦死。"顿一顿，她又换了个声调说，"不进来坐坐吗？我妈妈一定很高兴见你。"

"真的吗？那我就不客气了。"

进门之后，罗丝带他走进一间只剩一点夕阳余晖的房间。一个女人姿势奇怪地缩成团坐在摇椅上。

"妈，这位是菲茨威廉先生。"

亨伯比太太伸手和他握了握。罗丝一声不响地走了出去。

"很高兴看见你，菲茨威廉先生。罗丝说你有些朋友多年以前认识我丈夫？"

"是的，亨伯比太太。"他并不想向一个寡妇再说一次谎，可是实在没别的办法。

亨伯比太太说:"要是你见过他就好了。他是个好人,也是个了不起的医生。光是靠他的人格力量,就救活了很多别人认为没希望的病人。"

卢克温和地说:"我来了以后,听过很多关于他的事。我知道大家都很想念他。"

他无法完全看清亨伯比太太的脸。她的声音很单调,可是越是这样,越显得她仿佛极力想隐藏什么。她忽然出人意料地说:"这是个邪恶的世界,菲茨威廉先生。你明白吗?"

卢克有点惊讶地说:"是的,也许是吧。"

她坚持问道:"可是你到底知不知道呢?这一点非常重要。邪恶无处不在。人一定要有心理准备——才能对抗邪恶!约翰就是这样,他知道这一点,总是站在正义那一边。"

卢克温和地说:"我相信一定是。"

"他知道这地方有些邪恶的事物。"亨伯比太太说,"他真的知道……"她突然哭了起来。

卢克喃喃道:"对不起——"

她忽然又恢复了自制。"请原谅我。"她伸出手,他握了握。"有空一定要来看我们。"她说,"罗丝很喜欢你。"

"我也喜欢她。我觉得令爱是我见过的最好的女孩,亨伯比太太。"

"她对我很好。"

"托马斯医生真幸运。"

"嗯。"亨伯比太太松开他的手,声音又变得平板起来。

"我也说不好,人生真是充满艰辛。"

她紧张地扭动着身躯站在昏暗的夕阳余晖下,目送卢克离去。

回家途中，卢克不停地回想着和她谈话的内容。托马斯医生德比赛马时大半天都不在威奇伍德，他是开车走的。威奇伍德离伦敦三十五英里。他说是去接生，这是真话吗？他有没有隐瞒什么？卢克想。这一点应该可以证明。他又想到亨伯比太太，她一再重复的那句话——"邪恶无处不在"是什么意思呢？只是因为她丈夫的死使她紧张过度吗？或者真的有什么事不对？或许。她也知道些什么？知道亨伯比医生生前知道的事？"我一定要往下查，"卢克自语道，"一定要继续查下去。"

他下定决心把脑筋从他和布丽吉特之间的事上收回来。

第十三章　韦恩弗特利小姐如是说

次日早上，卢克作了一个决定。他觉得到目前为止，一切能用直接询问得到的答案都已经有了。他迟早都得公开自己真正的目的。他觉得现在正是去掉假装写书的身份，说明他此行真正用意的时候。为了拟定作战计划，他决定先去拜访奥诺丽亚·韦恩弗利特。他相信她已经把自己所知道的完全告诉他了，不过他还想诱导她说出心里的猜测。他相信韦恩弗利特小姐的猜测可能很接近事实。

韦恩弗利特小姐对他的拜访并不意外。她在他身边坐下之后，拘谨地交叠着手，充满智慧的眼睛——真像柔和的山羊眼睛——望着他的脸。卢克觉得自己来访的目的有点难以启齿。他说："韦恩弗利特小姐，我想你一定早就猜到，我到威奇伍德来的目的不只是写一本有关风俗和迷信的书吧？"

韦恩弗利特略斜着头，仍旧倾听着。

卢克还没法把全部都说出来。韦恩弗利特小姐是个谨慎的人——她给卢克的印象就是如此，卢克觉得他很难抵挡住这位老小姐的"诱惑"，很难不向她倾诉。于是，他选择了折中的办法，那就是只说一部分。

"我到这里，是为了调查有关那个可怜的女孩艾米·吉布斯死亡的事。"

韦恩弗利特小姐说:"你是说你是警方派来的?"

"噢,不是,我不是便衣警探,"他说,又幽默地补充道,"也不是侦探小说里著名的私家侦探。"

"我懂了,这么说是布丽吉特·康威请你来的?"

卢克迟疑了一会儿,决定不多解释这一点。如果不把平克顿小姐的故事和盘托出,实在很难解释他此行的原因。

韦恩弗利特小姐用温和可亲的声音说:"布丽吉特真是务实又能干!如果是我,一定不相信自己的判断。我是说如果不是绝对有把握,很难决定该怎么做。"

"可是你有把握,对吗?"

韦恩弗利特小姐严肃地说:"不,说真的,菲茨威廉先生,这种事谁也不敢说有把握。我的意思是说,这可能完全是想象。我自己一个人住,没有人可以商谈,有时候也许会胡思乱想,想出一些毫无事实依据的事。"

卢克表示她说得很对,可是又温和地加了一句:"不过你心里很肯定吧?"

就连这一点,韦恩弗利特小姐也不十分情愿承认,她抗议道:"我想,我们并不是在玩机智问答游戏吧?"

卢克微笑着说:"你一定要我把话说清楚?好,你是不是认为艾米·吉布斯是被人谋杀的?"

这句血淋淋的话使奥诺丽亚·韦恩弗利特颤抖了一下,她说:"她的死让我觉得很不舒服,太不舒服了。简直如鲠在喉。"

卢克耐心地说:"你觉得她不是自然死亡?"

"嗯。"

"你不相信是意外?"

"我觉得太不可能了,有很多——"

卢克打断她的话:"你不相信她是自杀?"

"一点也不相信。"

"这么说,"卢克温和地说,"你确实认为她是被谋杀的了?"

韦恩弗利特小姐迟疑了一下,最后才勇敢地说:"对,我是这么想的。"

"很好,那我们就可以往下讨论了。"

"可是我真的没有什么证据,"韦恩弗利特小姐不安地解释道,"完全是凭空想象。"

"不错,这只是你我之间的私人谈话。我们只不过谈谈我们所猜想和怀疑的事。我们怀疑艾米·吉布斯是被人害死的,那凶手是谁呢?"

韦恩弗利特小姐摇摇头,看起来很困惑。卢克看着她说:"谁有杀她的动机呢?"

韦恩弗利特小姐缓缓地说:"我知道她跟她男朋友——就是在修车厂做事的吉姆·哈尔韦,是个最可靠、最优秀的青年——吵过架。报上常常有年轻人杀害自己女朋友那种可怕的事,可是我实在不相信吉姆会做这种事。"

卢克点点头。

韦恩弗利特小姐又说:"而且,我也不相信他会那样下手——爬上她窗口,用一瓶毒药换掉那瓶咳嗽药。我是说,这看起来实在……"她迟疑着。

卢克及时替她接下去,说:"实在不像情人生气时会做的事,对不对?我同意你的看法。我觉得我马上就可以把吉姆·哈尔韦从嫌犯名单上除去。杀死艾米的人——我们都同意她是被杀死的——是嫌她碍事,而且仔细计划过这件谋杀案,想让别人以为是意外。好了,你有没想过,这个人可能是谁?"

韦恩弗利特小姐说:"不,说真的,我一点都不知道谁有可能!"

"是吗?"

"是……是真的。"

卢克沉吟地看着她,觉得她说的并非实话,又问:"你也不知道谁有杀她的动机?"

"一点也不知道。"答案比刚才肯定。

"她在威奇伍德很多人家做过事吗?"

"她到惠特菲尔德爵士家之前,曾经在霍顿家做过一年。"

卢克立刻归纳出一个结论:"这么说,事情是这样的,有人想除掉那个女孩,从已知的事实,我们先假定那个人是个男的,外表很保守、很平凡——这是从他使用帽漆这一点看出来的;其次,那个人的身手一定还算灵活,因为他一定是从其他建筑物爬上那个女孩的窗口。你同意这些假设吗?"

"完全同意。"韦恩弗利特小姐说。

"我想自己过去试试,你不介意吧?"

"当然不,我觉得你的想法很好。"

她带他从边门出去,绕到后院。卢克没费多大工夫就爬上了对面那幢屋子的屋顶,然后轻松地拉开女孩的窗户,不一会儿,就爬进她房里了。几分钟后,他又回到下面走道和韦恩弗利特小姐见面。他一边用手帕擦手,一边说:"实际上比看起来容易,窗台上没有留下什么线索吗?"

韦恩弗利特小姐摇摇头:"我想没有。当然,巡官也是这样爬上去的。"

"所以即使有,也会被当作他留下的?警察可帮了罪犯不少忙!哎,也只有这样了。"

韦恩弗利特小姐又带路回到屋里。

"艾米·吉布斯喜欢睡觉吗？"

韦恩弗利特小姐不高兴地说："早上要叫她起来可真难，有时候我敲了半天门，又叫了好久，她才会醒。不过你也知道，有句俗话说假装耳聋的人什么声音都听不到。"

"不错。"卢克认同道，"好了。韦恩弗利特小姐，刚才我们谈到动机问题。先从最明显的说起，照你看，埃尔斯沃思那家伙和这个女孩之间，会不会有什么秘密？"他又迅速加了一句，"我只是请问你的看法，没别的。"

"如果光谈看法，我想答案是肯定的。"

卢克点点头，又说："照你看，艾米那个女孩会不会跟勒索有关？"

"我再强调一遍，如果你只是问我的看法，我的确觉得很有可能。"

"你知不知道她死前是否有很多钱？"

韦恩弗利特小姐想了想，说："我想没有。如果她有什么特别额外的钱，我应该会听到一点消息。"

"她死以前也没有忽然挥金如土？"

"我想没有。"

"这么说，敲诈的可能性就小多了。被敲诈的人通常会先付一次钱，然后才采取极端的手段。还有一种可能，那女孩也许知道了一个秘密。"

"哪种秘密？"

"对威奇伍德某个人不利的事。我们不妨假定一下，她在很多人家里做过女佣，也许她知道一件——譬如说，对先生事业上不利的事。"

"艾伯特先生？"

卢克迅速说："或者是托马斯医生某一件不道德的行为。"

韦恩弗利特小姐说，"可是——"然后就停住了。

卢克又说："你说过，霍顿太太死的时候，艾米正在霍顿家做女佣？"

韦恩弗利特小姐迟疑了一下，然后说："能不能告诉我，菲茨威廉先生，为什么会扯上霍顿夫妇？霍顿太太一年前就去世了。"

"对，艾米当时就在他们家工作。"

"我懂了，霍顿夫妇和这件事有什么关系呢？"

"我也不知道，只是在猜想。霍顿太太是得了急性胃炎去世的，对吗？"

"对。"

"她是不是死得很突然？"

韦恩弗利特小姐缓缓地说："我觉得很突然。你知道，她本来已经好多了——好像都快复原了——却又突然发作，很快就死了。"

"托马斯医生是不是很惊讶？"

"我不知道，我相信是的。"

"护士呢？她们怎么说？"

"照我以往的经验，"韦恩弗利特小姐说，"护士从来不会对病情突然变坏觉得意外，能迅速恢复才会使她们意外。"

"可是你觉得她死得意外？"卢克又问。

"对，我前一天还跟她在一起，当时她看起来好多了，有说有笑，非常高兴。"

"她对自己的病觉得怎么样？"

"她抱怨护士想毒死她,已经赶走过一个了,可是她说另外两个也一样坏。"

"我想你大概没把她的话放在心上。"

"噢,对,我想完全是生病的关系。她是个很多疑的女人,而且——这么说实在有点不好,可是她真的喜欢让自己显得很重要。医生都不了解她的病。事实上她的病也并不简单,要不是她的病太难医,就是有人想除掉她。"

卢克尽量用自然的声音说:"她没怀疑是她丈夫想除掉她?"

"噢,没有,她从没这样想过!"韦恩弗利特小姐顿了顿。

又平静地问:"你这么想?"

卢克缓缓地说:"以前的确有过这种例子。从我所听到的各种消息,可以看出霍顿太太是个任何男人都想摆脱的女人。而且据我所知,她死了之后,他可以继承一大笔遗产。"

"是的。"

"你有什么感想?韦恩弗利特小姐。"

"你要听我的意见?"

"对,只是参考一下。"

韦恩弗利特小姐平静从容地说:"我觉得,霍顿少校对他太太很忠心,绝对不会做这种事。"

卢克看看她,迎向她那温和的琥珀色眼睛。她眼里没有丝毫踌躇。

"好吧,"他说,"你说得大概没错。如果事实不是这样,你大概会感觉到。"

韦恩弗利特小姐微微一笑,说:"你觉得我们女人很善于观察?"

"绝对是一流的观察家。你想平克顿小姐会不会同意你的看法呢？"

"我好像从来没听拉维妮亚对这件事发表过意见。"

"她对艾米·吉布斯的死有什么看法？"

韦恩弗利特小姐皱皱眉，仿佛在思考着，最后说："很难说，拉维妮亚有个奇怪的想法。"

"什么想法？"

"她觉得威奇伍德有一件怪事。"

"譬如说，有人从窗口把汤米·皮尔斯推下来？"

韦恩弗利特小姐惊讶地凝视着他，问："你怎么知道？菲茨威廉先生。"

"是她告诉我的。虽然没说得这么清楚，可是却给了我这个概念。"

韦恩弗利特小姐微红着脸，兴奋地说："是什么时候的事？菲茨威廉先生。"

卢克平静地说："她被撞死那天，我们一起搭火车到伦敦。"

"她到底怎么说？"

"她说近来威奇伍德死了很多人，她提到艾米·吉布斯、汤米·皮尔斯，还有卡特，又说亨伯比医生会是下一个死者。"

韦恩弗利特小姐缓缓地点点头："她有没有说是谁干的？"

"一个有某种眼神的男人，"卢克严肃地说，"照她的说法，不可能会认错那种眼神。那个男人跟亨伯比说话的时候，她发现他又带着那种眼神，所以她肯定亨伯比会是下一个受害者。"

"结果的确没错，"韦恩弗利特小姐喃喃道，"噢，天哪！天哪！"她靠在椅背上，眼里有一种惊恐的神色。

"那个男人是谁？"卢克说，"告诉我，韦恩弗利特小姐，你知道——你一定知道。"

"我不知道,她没告诉我。"

"可是你可以猜到,"卢克严厉地说,"你明明知道她心里想的是谁。"韦恩弗利特小姐不情愿地点点头。"那就快告诉我。"

但是韦恩弗利特小姐却用力摇头说:"不、不行,你这个问题实在太强人所难了!你要我猜一个已经死去的朋友心里可能想什么,我没办法这样指控别人!"

"这不是指控,只是意见。"

但是韦恩弗利特小姐却非常坚决,她说:"我没什么可说的——拉维妮亚从来没跟我说过任何事。我也许可以猜猜。可是你知道,我也许会完全猜错。那不就是带你走错了方向,甚至可能造成很严重的结果。要我就这样说出一个人的名字实在很草率,而且我说过。我也许会错得非常、非常离谱。老实说,我现在也许就错了!"她紧抿着嘴,坚决而严肃地看着卢克。

卢克知道遇到挫折的时候该如何去面对它。他知道韦恩弗利特小姐的正义感和另外一种更难定义的感觉都对他不利。他优雅地接受失败,起身道别,准备以后再重提这件事,不过他现在并没表示出来。"当然,你应该照你觉得对的做,"他说,"谢谢你帮了这么多忙。"

韦恩弗利特小姐陪他走到门口时,似乎又没那么坚决了,她开口道:"希望你不要以为——"但是她很快又改变了话题,"要是还有什么要我帮忙的事,请你一定、一定要告诉我。"

"我会的。请不要把我们谈话的事告诉别人,好吗?"

"那当然,我一个字都不会告诉别人,"卢克希望她说的是真话。"替我向布丽吉特问好。她真是个漂亮女孩,不是吗?也很聪明。我——我希望她过得快乐。"卢克露出疑惑的表情。她又解释道:"我是说她嫁给惠特菲尔德爵士的事,他们年龄实在相差太远了。"

"噢,是啊。"

韦恩弗利特小姐叹口气,出人意料地说:"你知道,我曾经跟他订过婚。"

卢克惊讶地看着她。她点点头,有点悲伤地笑了笑,说:"很久以前的事了。那时候他是个很有朝气、很有希望的男孩子。你知道,很爱学习。他那种——那种精神和决心成功的态度,真让我觉得骄傲。"她又叹口气,"当然,我们家的人都有偏见。那时候阶级观念非常强。"过了一两分钟,她又说,"我一直很热心推展他的事业,我觉得我家人的想法不对。"然后她微微一笑,向他点头道别之后,就回到屋里去了。

卢克试着整理自己的思绪,他本来以为韦恩弗利特小姐已经很"老"了,现在才知道她可能还不到六十岁。惠特菲尔德爵士一定有五十多岁了,她也许顶多比他大一两岁,可是他现在却要跟布丽吉特结婚了。布丽吉特才二十二岁,年轻又有活力,卢克想,"呸!去他的!别想这件事了。工作!好好往下干!"

第十四章　卢克的分析

艾米·吉布斯的姑姑丘奇太太长得实在很不讨人喜欢。她那尖尖的鼻子、狡猾的眼神，还有那张絮絮叨叨的嘴，都使卢克觉得不舒服极了。他故意表现得不大和气，没想到却很成功。他告诉她："你必须尽量回答我的问题，要是故意隐瞒事实，结果也许会对你很不利。"

"是的，先生，我懂了。我真的很愿意把我所知道的完全告诉你。我从来没跟警察打过交道——"

"你也不希望，对不对？"卢克打断她的话，"好，只要你照我说的话做，就不会有任何麻烦。我想知道关于你死去的侄女的一切——她有些什么朋友，有多少钱，说过什么不寻常的话等等。好了，我们先从她的朋友说起，她有哪些朋友？"

丘奇太太偷偷用她狡猾的眼睛瞄了他一眼，然后说："你是说男朋友吧，先生？"

"她有女朋友吗？"

"噢，可以说——根本没有，先生。当然，她也有一些女同事，可是艾米不大跟她们来往。你知道——她真正的男朋友是修车厂的吉姆·哈尔韦。先生，他是个可靠的好男孩，我跟她说过好多次，'你找不到更好的男朋友了。'"

卢克插嘴道："其他人呢？"

她又用狡猾的眼神看着他:"我想你一定是指古董店那个老板吧？我不喜欢他们俩交往，也不怕老实告诉你，先生。我一直是个老派的人，无法忍受轻率的行为！可是这年头的女孩子啊，跟她们说也没用，老是自作主张，总有一天她们会后悔的。"

"艾米有没有后悔？"卢克率直地问。

"没有，先生，我想她根本没后悔。"

"她死的那天，曾经去托马斯医生那里看病，这不会是她的死因吧？"

"不，先生，我差不多可以肯定不是。噢，我敢打赌不是！艾米一直觉得不舒服，其实只是重感冒，不是你所说的那种事，我敢保证不是，先生。"

"我相信你的话。她和埃尔斯沃思之间的关系怎么样？"

丘奇太太瞄了他一眼，说:"我不敢肯定，先生，艾米不大信任我。"

卢克简短地说:"可是他们的关系已经很深了，是不是？"

丘奇太太平静地说:"那位先生在这里的名声很不好，先生，什么谣言都有，他常常有朋友从城里来，半夜里一群人一起在那个女巫草坪搞些古怪的名堂。"

"艾米去过吗？"

"去过一次吧，先生，整夜都待在那边，爵士发现之后——她当时在庄园做事——狠狠说了她一顿，她也不客气地回嘴，结果他就把她开除了，这当然是免不了的。"

"她有没有跟你谈过她做事的人家的事？"

丘奇太太摇摇头:"不多。先生，她最关心的还是自己的事。"

"她也在霍顿家做过一段时间女佣，对吧？"

"将近一年，先生。"

"为什么离开呢？"

"只是为了换个好环境。庄园在招女佣，而且当然啦，那边薪水也比较高。"

卢克点点头，又问："霍顿太太死的时候。她正在霍顿家做事，对吗？"

"是的，先生，她发过好多次牢骚——因为霍顿家请了两个护士照顾霍顿太太，所以她要多洗碟子什么的。"

"她没在艾伯特律师那儿做过事？"

"没有，先生，艾伯特先生已经有一对夫妇帮忙做家务事了。艾米去他办公室找过他一次，不过我不知道是为什么。"

卢克记下这一点可能有关的事，不过丘奇太太似乎对这件事就只知道这么多，再问她也问不出什么了。"村子里还有其他绅士和她来往吗？"

"没什么值得一提的人了。"

"得了吧，丘奇太太，别忘了，我要知道所有事实。"

"那算不上是什么绅士，先生，差太远了。事实上她那样做只会降低自己的身份，我也是这么告诉她的。"

"能不能再说明白一点？丘奇太太。"

"你大概听过'七星'吧？先生，那不是个好地方，酒店主人哈利·卡特也是个扶不上墙的家伙，大部分时间都泡在酒里。"

"艾米跟他有来往？"

"跟他散过一两次步，我想没什么别的了，真的，先生。"

卢克沉吟着点点头，又换了一个话题，"你认不认识一个叫汤米·皮尔斯的小男孩？"

"什么？皮尔斯太太的儿子？当然认识，老是调皮捣蛋。"

"他有没有常常去找艾米？"

"没有，先生，要是他想对她恶作剧，艾米一定马上打他一耳光，把他赶走。"

"她在韦恩弗利特小姐那里做事的时候快乐吗？"

"她觉得有点枯燥，先生，薪水也不高。不过当然啦，她被阿什庄园那样解雇之后，想换个好工作可不容易。"

"她也可以走远些吧？"

"你是说到伦敦去？"

"或者其他城市。"

丘奇太太摇摇头，缓缓地说："在那种情形下，艾米不想离开威奇伍德。"

"你说在那种情形下，是指什么？"

"吉姆·哈尔韦和古董店那位绅士。"卢克若有所思地点头。

丘奇太太又说："韦恩弗利特小姐人很好，可是对擦拭银器和铜器非常在意，要不是在其他方面还能得到一点满足，艾米绝对受不了这种小题大做。"

"我可以想象得到。"卢克淡淡地说。他在心里盘算了一下，似乎已经没有其他问题好问了，也相信已经把丘奇太太所知道的事都挖掘出来了。不过他又做了最后一次试探："我相信你一定知道我问这些问题的用意。艾米死得相当可疑，我们不相信是意外——我这么说，你应该知道是什么了吧！"

丘奇太太用一种可怕的声音说："谋杀！"

"不错。好了，假定你侄女确实是碰上了谋杀，你觉得谁最有可能是凶手？"

丘奇太太在围裙上擦擦手，说道："如果警方因此破案，应该会有一笔奖金吧？"

"也许会有。"卢克说。

"我不想说得太肯定，"丘奇太太用饥渴的舌头舔舔嘴唇，"古董店那位先生实在很奇怪。你还记得凯斯特案子里的那个可怜女孩吧，后来又有五六个可怜女孩碰到同样的命运，也许这位埃尔斯沃思先生也是那种人吧？"

"你觉得是这样？"

"事实可能就是这样，先生，不是吗？"

卢克承认有这种可能，接着又说："德比赛马那天下午，埃尔斯沃思先生是不是不在村子里？这一点非常重要。"

丘奇太太瞪大了眼睛说："德比赛马那天？"

"对，就是上上星期三。"

她摇摇头说："这很难说，他星期三通常不在，多半是进城去。他星期三大多很早就关门了。"

"噢！"卢克说，"我知道了。"

他离开了丘奇太太，没理会她在背后抱怨她的时间很宝贵，应该得到金钱补偿之类的。他很不喜欢丘奇太太，不过刚才跟她谈的一席话虽然不是特别有用，却也有几点值得参考的地方。

卢克仔细在脑子里回想了一遍整个事情，不错，结论还是那四个人——托马斯、艾伯特、霍顿和埃尔斯沃思。他觉得韦恩弗利特小姐的态度证实了他的想法没错。她一直不愿意指出是什么人，那一定是表示她所猜的那个人在威奇伍德相当有地位，只要稍加暗示，就会伤害那个人。这和平克顿小姐决心向苏格兰场告发一节，也正好不谋而合。村子里的巡警必然不相信她的话，因为这不是一个屠夫、面包师、制蜡烛师傅，或者小小的汽车机修工的案子。她所指控的那个人有一定的身份，要对那个人提出控诉，是一件很不可思议、很严重的事。现在卢克所知道的嫌犯可能有四个人，接下来，他一定要更谨慎地采取行动。

先说韦恩弗利特小姐一再不愿指明嫌疑人这一点。她是个诚实谨慎的人，知道平克顿小姐怀疑的对象是谁，可是正如她所说的，那只是她个人的猜想。她猜得很可能不对。那么，韦恩弗利特小姐脑子里想的到底是谁呢？她担心自己一旦说出来，就会伤害那个人，所以，她怀疑的人一定很有地位，受到大家的敬爱。卢克想，这样一来埃尔斯沃思的可能性就小了。他在威奇伍德可以算是外人，名声也很不好。卢克相信，如果韦恩弗利特小姐脑子里的人是埃尔斯沃思，她一定不介意说出他的名字。也就是说，如果从韦恩弗利特小姐那方面着眼，根本用不着考虑埃尔斯沃思的感受。

好，现在再看其他人。卢克相信霍顿少校其实也可以从嫌疑人名单上删掉。因为韦恩弗利特小姐用有点亲切的口吻反驳霍顿有毒死妻子的可能性。要是她觉得他后来杀过其他人，一定不敢那么肯定他没杀霍顿太太。

这么一来，就只剩下托马斯医生和艾伯特先生了。这两个人的条件都符合，职业高尚，没传出过任何丑闻。大致说来，他们都很受人喜爱，在一般人眼里诚实而正直。

卢克又想到另外一件事。他真的能删掉埃尔斯沃思和霍顿吗？不，他立刻摇摇头，没这么简单。平克顿小姐"知道"那个人是谁，由她和亨伯比医生的死就可以证明。不过她从来没向奥诺丽亚·韦恩弗利特说过是什么人。所以就算韦恩弗利特小姐以为自己知道，她也可能想错了。我们常以为知道别人在想些什么，可是有时候不但不对，而且还错得很离谱。

因此，这四个人还是都有嫌疑。平克顿小姐已经死了，一点忙都帮不上。卢克只能完全靠自己的力量去衡量一切证据的分量，考虑各种可能性。

他先从埃尔斯沃思想起。从表面上看来，埃尔斯沃思有可能是凶手。

"这样好了，"卢克自语道，"轮流把每个人当作嫌犯。先假装确实知道埃尔斯沃思是凶手，再依照时间先后来看所有可能是被害者的人。首先是霍顿太太，很难找出埃尔斯沃思想除掉她的理由。不过我知道他可能用的手段，霍顿说她服用过他的偏方，也许他就是趁那时候加了些砒霜之类的毒药进去。问题是，他为什么要杀她？

"再看看其他被害者，艾米·吉布斯，埃尔斯沃思为什么要杀她呢？理由很明显，她很惹人讨厌。也许他抛弃了她，她威胁说要采取行动？或许她协助过他的午夜秘密仪式，并且威胁要说出去？惠特菲尔德爵士在威奇伍德很有影响力——布丽吉特说的——而且很注重道德。要是埃尔斯沃思有什么特别引人诟病的行径，他也许会出面反对。于是他就想要除掉艾米。我想这不是个有虐待倾向的凶手干的，从凶手所用的手段就可以证明。

"下一个是谁？卡特？为什么要杀卡特？卡特不可能知道跟他们秘密仪式有关的事——不过也许艾米告诉过他？卡特的美丽女儿是不是也牵涉在里面？埃尔斯沃思有没有向她求爱？我该去看看露西·卡特。也许卡特骂过埃尔斯沃思，埃尔斯沃思很生气。要是他已经杀过一两个人，一定不在乎为了一点小事再杀一个人。

"再看看汤米·皮尔斯。埃尔斯沃思为什么要杀汤米·皮尔斯？很简单，汤米帮他举办过秘密仪式，威胁说要告诉别人。也许汤米已经说出口了，好，杀了他，让他永远闭上嘴。

"亨伯比医生呢？埃尔斯沃思为什么要杀亨伯比医生？这个

答案最简单了。亨伯比是个医生,他发现埃尔斯沃思的精神不正常,或许准备采取什么行动,所以亨伯比也死定了。不过所用的手段有一个很大的疑问。埃尔斯沃思怎么能肯定亨伯比一定会死于血液中毒?或许,亨伯比另有死因?而他手指受伤只是巧合?

"最后还有平克顿小姐,埃尔斯沃思的店星期三一向很早打烊,那天他也许进过城。不知道他有没有车?我从来没看见过,不过这并不能证明什么。他知道她对他起了疑心,不愿意冒险让她到苏格兰场去,否则万一他们相信她的故事呢?或许他们当时已经知道他所做的某些事了?

"这些是对埃尔斯沃思不利的证据,那么,对他有利的证据有哪些呢?首先,他一定不是韦恩弗利特小姐认为平克顿小姐所指的人。其次,他也很不符合我模糊的印象。平克顿小姐谈到那个人的时候,给我一种印象——不是像埃尔斯沃思那种人。我觉得她指的是一个非常正常的人——从外表上看来,谁也不会怀疑那种人。可是埃尔斯沃思却很容易让人起疑心。不对,我觉得她所说的人应该更类似——托马斯医生。

"好,现在看看托马斯。托马斯这个人怎么样?我跟他谈过之后,就把他从名单上除掉了。他是个谦虚的绅士,可是问题就在于这个杀人凶手也很可能是个不摆架子的好人——除非我猜错了。这个凶手是别人认为最不可能的人,而托马斯就给人这种感觉。

"好吧,还是再从头看起。托马斯为什么要杀艾米·吉布斯呢?看起来实在很不可能,不过她死的那天去找他看过病,他也确实给了她一瓶咳嗽药,如果那真是草酸,这一招实在既简单又聪明。别人发现她中毒的时候,是请哪一位医生来呢?亨伯比还是托马斯?如果是托马斯,他只要在口袋里放瓶帽漆,趁人不注意的时候放在桌上，再把两瓶都拿去化验，真是简单透了。大概就是这么回事。只要够冷静，这是轻而易举的事。

"汤米·皮尔斯呢？也看不出可能的杀人动机，托马斯医生的问题就是很难找出他的动机，他连疯狂的理由都没有，卡特也一样。托马斯医生为什么想除掉卡特？我只能假定艾米、汤米和卡特都知道托马斯医生一件见不得人的事。噢，对了，假定那件事是跟霍顿太太的死有关好了。托马斯医生不是替她看过病吗？结果她的病突然恶化，而且死了。他很轻易就解决了这件事。别忘了，艾米·吉布斯当时在霍顿家做事，她也许看到或听到了什么，所以就注定该死。根据可靠的消息，汤米·皮尔斯是个非常爱打听别人事情的小男孩，也许他打听到了什么。那卡特呢？说不定艾米·吉布斯告诉过他，他又在酒店里说给别人听，所以托马斯决定也叫他闭嘴。当然，这些都只是凭空猜测，可是除此之外又能怎么办呢？

"现在看看亨伯比，啊！总算找到一件似乎很完美的杀人案了。动机和手段都太适当了。如果托马斯医生不能使他的对手中毒，就没有别人办得到了。他每次替他敷伤口的时候，都可以使亨伯比重新感染，但愿前面几个案子也完美一点就好了。

"平克顿小姐呢？她的问题就比较难解释了。不过有一件事一定没错。托马斯医生在德比赛马那天至少有大半天不在威奇伍德，他说是去接生，也许没错，不过他开车离开威奇伍德也确实没错。还有什么？对了，那天我离开他诊所的时候，他看我的眼神好像很高傲，纡尊降贵似的。他的微笑就像清楚地知道已把我引进歧途，在一旁冷笑的样子。"

卢克叹口气，摇摇头，继续往下想："艾伯特呢？他也很有可能。外表正常、家境富裕、受人尊敬，一个最不可能是凶手的人,而且他也很有自信,凶手通常都是这样过于自信,以为自己一定能逃脱法网。艾米·吉布斯去找过他一次,为什么?她找他有什么事?有法律方面的问题请教他?为什么?或者只是私事?汤米说曾经看到一位小姐的来信,是不是艾米·吉布斯写的呢?或者是霍顿太太写的,却被艾米·吉布斯拿到了?还有什么人可能写过这么隐秘的信给他,结果不小心被办公室小男孩看到的时候,会惹他生那么大的气呢?还有什么对艾米·吉布斯的死不利的证据?帽漆?像艾伯特这种人对女人方面往往观念很守旧。他是那种老式的情人。汤米·皮尔斯呢?很显然——为了那封信,那一定是一封关系重大的信。卡特呢?嗯,他跟卡特的女儿有麻烦,但是艾伯特可不想惹出丑闻——像卡特这种卑鄙下贱的小人,想必敢威胁他。他!他已经成功而聪明地杀过两个人!卡特,去他的吧!趁一个月黑风高的夜晚,一把将他推进河里!嗯,这样杀人实在太简单了!

"我对艾伯特的精神状态了解吗?我想是吧,一位老小姐看到的卑鄙眼神,她就是在想跟他有关的事。还有,他跟亨伯比吵过架。老亨伯比居然敢跟他——聪明的律师兼杀人凶手——对抗。'老蠢蛋!一点不知道什么命运在等着他!他完了!竟然敢恫吓我!'

"后来呢?转身看到拉维妮亚·平克顿的眼睛,于是他畏缩了,露出知罪的眼神。他一向自诩不受人怀疑,这时却很明显地引起别人的疑心。平克顿小姐知道他的秘密,知道他做了什么事。对,可是她没有证据。假定她到处搜查证据,或者到处跟人谈,或者——他对人的判断非常精确,猜出她下一步一定会做什么。万一她真的把这个故事亲自告诉苏格兰场,他们也许会相信,并且开始调查。对,他一定要尽快采取行动。艾伯特有车吗？或者他在伦敦租了一辆？总之，他那天也不在威奇伍德就是了。"

卢克又停顿下来，他想得太投入了，一下子很难由一种假设转变到另一种假设。总要等上一两分钟，才能把另外一个人当作真凶。这一次，他想的是霍顿少校。

"先假设霍顿杀了他太太，他受过她太多的气，而且她一死他就可以得到大笔遗产。为了装得逼真，他必须假装对她忠心耿耿。为了一直保持这种态度，他有时候——不妨说——演得太过分了吧？

"很好，他成功地杀了一个人。下一个是谁？艾米·吉布斯。对，可能性很大。艾米当时在他家做女佣，也许她看到了什么秘密——譬如少校给他太太喝下什么有毒的东西，她本来不了解那一幕有什么意义，直到霍顿太太死了她才明白。帽漆这种把戏对霍顿少校来说是非常自然的事——他是个很男性化的人，对女人的服饰很不了解。这样一来，艾米·吉布斯的死就没什么问题了。

"卡特呢？还是一样——艾米告诉了他什么秘密，于是少校又干脆弄死了他。

"现在看看汤米·皮尔斯。他还是不能忘了他喜欢到处打探别人隐私的个性，也许他在艾伯特办公室看到的那封信是霍顿太太写的，抱怨说她丈夫想毒死她？这只是想象，不过也真的有可能。总之，少校发现汤米威胁到他的安全，于是汤米也到地下去陪伴艾米和卡特了。这些都很简单、很直接，说起来也很合理。杀人不难？老天，一点都没错！

"可是接下来就有一个比较困难的问题。亨伯比？他有什么动机要杀亨伯比呢？很难说，霍顿太太本来是请亨伯比看病的，是不是亨伯比觉得她病得很奇怪，于是霍顿又说服他太太换了年轻而且不那么多疑的托马斯医生？如果果真如此，为什么那么久之后他又觉得亨伯比的存在使他不安呢？真难说，亨伯比死亡的方式也很难解释。手指中毒好像和少校扯不上什么关系。

"平克顿小姐呢？嘿，非常可能。霍顿有车，我看过，那天别人都以为他去德比，也许是真的，对。霍顿是不是冷血的凶手？是不是？是不是？如果我知道就好了。"

卢克看着前方，紧皱着眉沉思："凶手就是这些人当中的一个，我觉得不是埃尔斯沃思，但是也有可能，他看起来像凶手。托马斯好像非常不可能——可是如果光从亨伯比死的方式来看，又不能这么说。血中毒绝对是个懂医药的凶手干的。凶手也可能是艾伯特，对他不利的证据没有别人那么多，可还是有一点可能。对，有些别人条件不合的地方他反而很吻合。还有，也很可能是霍顿，他多年来一直受太太欺压，觉得自己很渺小——对，有可能。可是韦恩弗利特小姐觉得他不是凶手，她不是傻瓜——也知道凶手杀人的手法。

"她到底怀疑谁呢？艾伯特？还是托马斯？一定是这两个人之一。要是我直接问她——到底是这两个人里的哪一个？也许她就会告诉我。可是话说回来，就连她的想法也可能不对。总不能要她像平克顿小姐一样证明她猜得没错啊！证据！我要的就是证据——更多证据。要是再发生一件命案——只要再发生一件——我就一定会知道谁是凶手了。"

他突然停下来，喘息着想道："我难道希望再死一个人吗？"

第十五章　司机的不当之举

卢克在七星酒店里喝酒的时候觉得有点尴尬。他一进酒店，店里喝酒的农民那七八双眼睛就紧紧盯住他的一举一动，谈话也立刻中断了。卢克随便对收成、天气、足球赛等普通话题发表了一些看法，可是一点反应都没得到。柜台后面那个黑发红颊的漂亮女孩想必就是露西·卡特，他只好鼓起勇气向她开口，她愉快地听完他的话，然后适时地笑了笑说："你继续闹吧！我相信你绝对不会当真！再说就要露出马脚了！"不过看得出她的笑容很僵硬。卢克觉得再留下去也不会有什么收获，就把啤酒喝完离开了。他沿着小路走到河边的小桥，正当他站着沉思时，背后响起一个颤抖的声音："就是这里，先生，老哈利就是从这里摔下去的。"卢克回头一看，是刚才也在店里喝酒的一个家伙。刚才他对卢克一句话也没说，现在却显然有意要说个痛快。那个老工人说："一脚没踩稳，他就是没踩稳，一头栽进河中的烂泥里，拔不出来了。"

"奇怪，他怎么会在这儿掉下去。"卢克说。

"他当时喝醉了，在这儿醉倒了。"这个乡里人任性地说。

"是的，但他之前一定醉倒于此很多次了。"卢克说道。

"几乎每一晚，"他回答道，"老哈利总是喝多。"

"也许是别人把他推下去的。"卢克故意用自然的口吻说。

"也许,"那人说,"不过我想不出谁会做这种事。"

"也许他有几个仇人。他每次喝醉酒就会乱骂人,不是吗?"

"他总是口无遮拦地乱讲话,让人难以忍受,可是谁也不会朝喝醉酒的人推上一把。"

卢克没有反驳,对方显然认为对喝醉酒的人趁火打劫是很不道德的事。卢克只说:"噢,真可怜。"

"他老婆可不这么想,"老人说,"她和露西没什么好伤心的。"

"也许还有别人也恨不得除掉他。"

老人对这没什么概念。他说:"也许吧,可是他对人实在没什么害处。"说完,他就走了。

卢克朝图书馆和博物馆那个方向漫步。他从标明"博物馆"的那道门走到图书馆后面,一个橱窗一个橱窗观赏着那些不很有趣的陈列品——包括一些罗马陶器和硬币,一些南海珍品,一个马来头饰。他一边参观,一边自言自语:"霍顿少校捐赠的,各种印度神像,以及一些看来很凶恶的佛像、一盒看来很可疑的埃及珠子。"

卢克又走进大厅,里面没人,他快步走上楼梯,楼上有一个放杂志和报纸的房间,另外一间摆满了非虚构作品。卢克又上了一层楼,上面有些摆满废弃物的房间——被飞蛾咬过的鸟类标本、破旧的杂志,还有一个房间的架子上全是过时的小说和儿童书籍。

卢克走到窗边,汤米·皮尔斯一定在这上面坐过,正当他一边吹口哨,一边擦窗户的时候,忽然听到有人进来,汤米立刻做出努力工作的模样,探出上身用力擦窗户,这时候,那个人一边说话一边走过来,突然之间伸手把他推了下去。

卢克转身走下楼梯，在大厅里站了一两分钟，谁也不知道他进来，谁也没看到他上楼。卢克想："谁都做得到，真是太简单了。"这时，他听到图书馆那边有脚步声传来，既然他没做任何坏事，不怕被人看见，当然可以站着不动。可是如果他不希望别人看到他，只要向后退到博物馆房间里就行了。

韦恩弗利特小姐从图书馆走来，腋下夹着一小摞书。她拉好了手套，看起来愉快而忙碌。看到卢克，她立刻露出高兴的表情，喊道："噢！菲茨威廉先生，参观博物馆吗？恐怕实在没什么东西好看的。惠特菲尔德爵士最近正打算替我们弄些真正有意思的东西来。"

"真的？"

"是啊，你知道，一些时髦的东西，就像伦敦科学博物馆那些东西一样。他说过要弄个模型飞机、火车和一些化学药剂。"

"那也许会比较有趣些。"

"是啊，我觉得博物馆不应该只有过去的旧东西，你说对不对？"

"也许是吧。"

"还要展览一些有关食品方面的东西——卡路里、维生素什么的。惠特菲尔德爵士对'伟大的健身运动'非常热心。"

"那天晚上他也谈到过。"

"现在很流行这一套，对不对？惠特菲尔德爵士说他去过威勒曼实验室，看到他们培养的很多细菌什么的，我真是吓得发抖。他还告诉我什么蚊子、昏睡病、肝吸虫，对这些我实在是一窍不通。"

"惠特菲尔德爵士也许也不大懂，"卢克愉快地说，"我敢打赌他一定全都弄混了。你的脑筋比他清楚多了，韦恩弗利特小姐。"

韦恩弗利特小姐镇静地说:"你太客气了,菲茨威廉先生,可是女人的思想恐怕永远没有男人那么透彻。"

卢克极力压制住想批评惠特菲尔德爵士思想的心理,说道:"我刚才的确参观过博物馆,不过后来又去看过顶楼的窗户。"

"你是说汤米……"韦恩弗利特小姐颤抖了一下,"真是太可怕了。"

"对,想起来实在不太愉快。我跟丘奇太太——艾米的姑姑——谈过一小时,她不是个好女人。"

"一点也不能算是。"

"我必须装得很强硬,"卢克说,"她大概以为我是警长之类的。"

他发现韦恩弗利特小姐表情突然一变,说:"噢,菲茨威廉先生,你觉得这样做聪明吗?"

卢克说:"我不知道,可这是没办法的事。写书的那套说法已经快撑不下去了,光是那样说,实在问不出多少事。我势必要问更直截了当的问题。"

韦恩弗利特小姐摇摇头,脸上露出很为难的表情。她说:"你知道,这种地方风声传得快得很!"

"你是说我上街的时候每个人都会指指点点地说——侦探来了!我觉得现在已经无所谓了,其实那样我反而可以打听到更多事。"

"我不是指这个,"韦恩弗利特小姐有点上气不接下气地说,"我是说他会知道你已经在追查他。"

卢克缓缓地说:"我想他一定会知道。"

韦恩弗利特小姐说:"可是你难道不知道这样太可怕、太危险了吗?"

"你是说——凶手会对我下手?"

"对。"

"真好笑!"卢克说,"我从来没想过这一点!不过我相信你说得没错。嘿,那不是正好吗?"

韦恩弗利特小姐着急地说:"我想你还不了解他有……有多聪明!又有多小心!还有,别忘了,他已经有丰富的经验——或许比我们所知道的更多!"

"对,"卢克沉吟道,"也许真是这样。"

韦恩弗利特小姐大声说:"噢,我不喜欢这样!真的,我觉得太可怕了!"

卢克温和地说:"别担心,我自己会多注意的。告诉你,我已经把可疑人物的范围缩得很小了,也大概知道凶手是谁了。"她猛然抬起头,卢克向她靠近一步,用接近耳语的声音对她说,"韦恩弗利特小姐,如果我问你,托马斯医生和艾伯特先生两个人之中,谁最可能是凶手,你怎么回答?"

"噢!"韦恩弗利特小姐用手捂住胸口,后退了一步,但是她的眼神却使卢克困惑不解,她说:"我没办法回答。"

她突然转过身,发出一个奇怪的声音,一半是叹息、一半是低泣。卢克终于放弃了,问她:"你要回家?"

"不是,我要拿书给亨伯比太太,跟你回庄园同路,我们也许可以一起走一段路。"

"那太好了。"卢克说。

他们走下阶梯,转向左边,沿着村中草坪走去。卢克回头看看他们刚离开那幢房子的庄严线条,对韦恩弗利特小姐说:"令尊在世的时候。这幢房子一定很可爱。"

韦恩弗利特小姐叹口气,说:"对,当时我们都很快乐,我真高兴屋子没被拆掉。好多老房子都重建过了。"

"我知道,真叫人难过。"

"而且那些新房子盖得也不好。"

"我想恐怕经不起时间的考验。"

"不过当然啦,"韦恩弗利特小姐说,"新房子很方便,有那么多省力的设备,也不必清洗那么大的地面。"

卢克同意她的看法。

走到亨伯比医生家大门时,韦恩弗利特小姐迟疑了一下,说:"今晚夜色真好,如果你不介意的话,我想再往前走一会儿。我很喜欢这种气氛。"

卢克虽然有点意外,但还是礼貌地表示很荣幸能与她同行。其实他觉得今晚实在算不上是个美丽的夜晚,冷风不停地吹着,树叶也抖个不停,他想:"说不定马上就会有暴风雨袭来。"但是韦恩弗利特小姐却用一只手抓着帽檐,假装很愉快地走在他身边,一面和他谈天,一面用小快步前进。

从亨伯比医生家到阿什庄园最近的路不是从大道走,而是穿过一条有点偏僻的小径,直达庄园后门。这道门不是华丽的大铁门,而是两根很好看的大柱,上面有两大棵淡红色的石制凤梨。卢克不懂为什么要做成凤梨,不过他猜想惠特菲尔德爵士或许觉得凤梨与众不同,代表格调很高吧。

他们走近那道门时,门内传来愤怒的声音,一会儿,他们看到惠特菲尔德爵士正在骂一个身穿司机制服的年轻人。

"你被开除了!"惠特菲尔德爵士大声说,"听到没有?你被开除了!"

"主人，要是你能不追究，我保证就只有这一次。"

"不行！怎么能就这样算了！把我的车子开出去！我的车子！还有，你居然喝了酒，对，不用否认，你明明喝了酒！我早就说过我的土地上有三件事绝对不行——一个是喝酒，一个是不道德，最后一点是没有礼貌！"

那个年轻人虽然没有大醉，可是酒精已经使他管不住自己的舌头。他马上改变了态度："这个不行，那个不行，你你这个老废物！你的土地！你以为我们不知道你老爸以前是开鞋店的？真是笑破人肚皮了！看你那副模样，像公鸡走路一样！我倒想知道，你到底是什么人？告诉你，你一点也不比我高贵，听到了吗？"

惠特菲尔德气得满脸通红，大声吼道："居然敢这么跟我说话！你好大胆！"

年轻人又威胁似地向他靠近一步，说。"要不是看你这么可怜兮兮，像头大肚子的小猪一样，我一定会揍你一拳——对，一定会揍你一拳！"

惠特菲尔德爵士急忙退后一步，一不小心，坐倒在地上，卢克赶上前，对司机大声说："快滚开！"

这时司机已经恢复了神智，露出畏惧的表情说："对不起，先生，我不知道自己到底是怎么搞的，真的，我保证。"

"我相信只是多喝了两杯酒。"卢克说，一边把惠特菲尔德爵士扶起来。

"对不起，主人。"那人支吾道。

"你一定会后悔的，里弗斯。"惠特菲尔德爵士气得连声音都颤抖起来。

那人犹豫了一下，然后步履蹒跚地缓缓走开。

惠特菲尔德爵士破口大骂道:"太没礼貌了!太过分了!居然敢这样对我!用那种口气对我说话!那家伙一定会遭报应的!目无尊长!也不想想自己是什么身份!想想看我给了他们多大的恩惠——工资高,舒适的一切,退休的时候还有养老金,可是他们居然这么忘恩负义——真是太可耻了!"

他激动得呛住了,后来看到默默站在一旁的韦恩弗利特小姐这才又开口道:"是你呀!奥诺丽亚,真遗憾让你看到这么没面子的事。那人说的话——"

"他恐怕连自己是谁都忘了,惠特菲尔德爵士。"韦恩弗利特小姐拘谨地说。

"他喝醉了,他一定是喝醉了!"

"只有一点点清醒。"卢克说。

"你们知道他做了什么事吗?"惠特菲尔德爵士看看这个,又看看那个,"把我的车开出去!我的车!以为我不会那么快回来。布丽吉特开两人车送我到莱恩去,结果这小子居然开我的车带了个女孩——我想是露西·卡特——出去!"

韦恩弗利特小姐温和地说:"真是太不应该了。"

惠特菲尔德爵士似乎觉得有点安慰,说道:"是啊,太过分了,对不对?"

"不过我相信他一定会后悔的。"

"我会让他受到惩罚的。"

"你已经开除他了。"韦恩弗利特小姐指出。

惠特菲尔德爵士摇摇头,说:"那小子一定不会有好下场。"他转身朝着屋子,又说,"到屋里喝杯雪利酒,奥诺丽亚。"

"谢谢你,惠特菲尔德爵士,我要把这些书拿给亨伯比太太……晚安,菲茨威廉先生,你现在没事了。"她对他点点头,微笑一下，快步走开了。她的态度就像保姆把孩子送回家似的，卢克想到一件事，忽然不禁倒吸一口气。韦恩弗利特小姐是不是为了保护他才陪他回来呢？这种想法似乎有点可笑，可是——

惠特菲尔德爵士的声音打断了他的沉思："奥诺丽亚·韦恩弗利特是个很能干的女人。"

"我想确实如此。"

惠特菲尔德爵士向屋子走去，他走得有点不自然，手伸到背后不安地搓着，最后他突然开口："我曾经和奥诺丽亚订过婚，很多年前的事了。她长得很好看，没现在那么……现在想起来好像有点滑稽。她的家人在这里很有地位。"

"嗯？"

惠特菲尔德爵士低声道："老韦恩弗利特上校是这地方的首脑，别人看到他都要举手敬礼，他是老派人物，骄傲得不得了，"他又咳了一声，"奥诺丽亚宣布要嫁给我的时候，他想挽回已经来不及了！她说自己是激进派，非常热心，一心想消除阶级观念。她是个做事很认真的女孩。"

"结果她的家人破坏了你们的婚约？"

惠特菲尔德爵士揉揉鼻子，说道："不，也不完全是。老实说，我们是为了一件事吵得很不愉快，她有只讨厌的鸟——那种叫个不停的金丝雀，我最讨厌那种鸟——结果发生了一件很不好的事——鸟的脖子被扭断了。算了，现在谈那些也没用，忘了吧！"他摇摇头，仿佛想甩掉什么不愉快的回忆，接着他又有点急切地说，"我想她始终没有原谅我。唉，这也是难怪。"

"我想她已经原谅你了。"卢克说。

惠特菲尔德爵士高兴地说："真的吗？我太高兴了。你知道，我很尊敬奥诺丽亚。她是个能干的女人，也是个淑女。就算在这种年头,这仍然是很可贵的事。她把图书馆管理得很好。"他抬起头,换了种声音说,"嗨!布丽吉特来了。"

第十六章 菠萝

布丽吉特走近时,卢克觉得自己全身都紧张起来了。自从那天打网球之后,他就没跟她单独说过话,两个人仿佛有默契,彼此躲避着对方。此刻,他悄悄看了她一眼,她很平静、冷淡,轻松地说:"我正在想你怎么了呢?戈登。"

惠特菲尔德爵士喃喃抱怨道:"刚吵了一顿架!里弗斯那小子今天下午居然把我的车子开了出去。"

"大逆不道。"布丽吉特用法语说。

"开玩笑也没用,布丽吉特,事情很严重,他开车带一个女孩出去。"

"我想他如果自己一个人去兜风也没什么意思。"

惠特菲尔德爵士挺直身子说:"在我的土地上就要遵守道德。"

"开车带女孩子兜风也不算不道德啊。"

"可是开我的车子就不一样。"

"那当然比不道德还严重!根本就是冒犯了你!可是你也没办法让男女青年彼此不相来往,戈登。现在正是月圆的时候,而且正是仲夏夜。"

"老天,真的吗?"卢克说。

布丽吉特看了他一眼,说道:"你好像对这一点很有兴趣?"

"不错。"

布丽吉特又转身对惠特菲尔德爵士说:"有三个特别人物到了贝尔斯旅馆。第一位是个穿短裤、戴眼镜,穿件可爱的李子色丝衬衫的男士!第二位是女士,没有眉毛,穿荷叶边上衣,戴着一大串埃及项链,穿着拖鞋。第三位是位胖男士,穿着淡紫色套装和同色鞋子。我猜他们可能是咱们那位埃尔斯沃思先生的朋友。爱说闲话的人告诉我:'有人说,今天晚上女巫草坪有狂欢派对呢。'"

惠特菲尔德爵士气得满脸通红地说:"我不准!"

"你不准也没用,亲爱的,女巫草坪是公有财产。"

"我不许他们在村子里胡来!我要在报上攻击,说这是'丑闻'。"他顿了顿,又说,"记得要在我的笔记本上写下来,请席德利写篇文章。我明天一定要进城去。"

"'惠特菲尔德爵士与巫术之战',"布丽吉特尖刻地说,"安静的乡下还保留着很多中世纪的迷信。"

惠特菲尔德爵士困惑地皱眉看看她,然后转身走进屋里。卢克幸灾乐祸地说:"你应该更卖力地工作,布丽吉特。"

"你是指什么?"

"要是丢掉这份工作就太可惜了。这个丈夫还不是你的,那些钻石和珠宝也一样。如果我是你,就该等到结婚典礼举行之后再卖弄伶牙俐齿。"

她冷冷地看他一眼,说:"亲爱的卢克,你真是太体贴了。谢谢你这么为我的将来操心。"

"我一向非常体贴。"

"我倒没发现。"

"是吗?那可真让我意外。"

布丽吉特扯下一片树叶,说:"你今天做了些什么?"

"还是照样四处打听。"

"有什么结果吗？"

"可以说有，也可以说没有。对了，家里有没有工具？"

"大概有，哪种工具？"

"噢，随便什么小工具。"十分钟后，卢克从一个小橱柜里挑出他要的东西，"这些够用了。"他拍拍放进口袋里的东西说。

"你想偷偷溜进别人家？"

"也许。"

"这么做未免太过分了吧？"

"噢，我的处境本来就困难重重，我们星期六吵过架之后，我想我应该搬出去了吧。"

"要是你想表现得完全像个绅士，的确应该搬出去。"

"可是既然我相信自己就快找出那个杀人凶手，也只好勉强留下来了。要是你能想出什么好理由，让我搬进贝尔斯旅馆，谢天谢地，那就请快点说吧。"

布丽吉特摇摇头，说道："不行——一方面你是我表哥什么的，一方面旅馆也住满了埃尔斯沃思先生的朋友——旅馆只有三间客房。"

"那我只好留下了，不过你一定觉得很痛苦。"

布丽吉特对他甜甜一笑，说："一点也不会，我随时都能剥下几张人头皮来炫耀。"

卢克感激地说："那真是天大的谎话。布丽吉特，我最欣赏你的地方，就是你一点也不仁慈。算了，算了，失恋的人要进去换衣服，准备吃晚餐了。"

晚上平静地度过。卢克对惠特菲尔德爵士的长篇大论表示非常有兴趣，专心地聆听着，所以爵士对他更加赏识。进入起居室之后，布丽吉特说："你们男人在一起可真会消磨时间。"

卢克答道："惠特菲尔德爵士说得太有意思了，所以时间一眨眼就过去了。他在跟我讲他成立第一家报社的经过。"

安斯特拉瑟太太说："盆子里这些小果树真是太奇妙了，你应该试着在阳台上也种一排，戈登。"话题又回到平常的事了。

卢克很早就回房了，不过他并没上床睡觉，他还有其他打算。钟刚敲十二响的时候，他穿上网球鞋静悄悄地下了楼梯，穿过书房，从窗户爬出去。强风仍然吹个不停，偶尔也会静止一下。天空中乌云密布，时常遮住月亮，所以一会儿到处黑黝黝的，一会儿又洒满明亮的月光。卢克绕道来到埃尔斯沃思先生家，他相信这个特别的夜晚埃尔斯沃思先生和他那些朋友一定会出门办他们的事，卢克想，仲夏夜他们一定有什么仪式要举行，他可以趁这个机会好好搜查一下埃尔斯沃思先生的屋子。

他翻过两道墙，来到屋子背面，拿出口袋里那些工具，挑了个合用的。几分钟后，他就扭开窗子，爬了进去。他口袋里还有一支手电筒，他小心翼翼地用着——只露出一点足够照路的灯光，免得碰到东西。

十五分钟之后，他满意地证实屋里确实没人，主人出门办自己的事去了。卢克高兴地笑笑，着手进行自己的工作。他仔细地搜查了每个角落，一个上锁的抽屉里，除了两三幅无关紧要的水彩画之外，他发现了一些让他扬起眉头吹声口哨的东西。埃尔斯沃思先生的来往信件看不出什么秘密，可是有些书——塞在一个橱柜背后的书——却很值得注意。除此之外，卢克又得到三件微小却有价值的情报。第一件是小笔记本上用铅笔写的："解决汤米·皮尔斯的事"——日期就是那孩子死的前几天。第二件是艾米·吉布斯的素描，但却在她脸上愤怒地用红笔画了个大十字。

第三件是瓶咳嗽药水。这三件东西虽然看起来都没什么，但是如果仔细联想起来，却不由得让人觉得兴奋。

卢克刚把东西放回原位，忽然听到边门有钥匙插进锁孔的声音，他立刻停下手中的动作，关掉手电筒，走到门后，悄悄注视着，希望埃尔斯沃思——如果来人是他的话——会直接上楼。

边门开了，埃尔斯沃思走进来，打开大厅灯。他走过大厅时，卢克看着他的脸，不禁倒吸一口气。他几乎有点认不出那张脸，眼睛里充满了奇异狂喜的光芒，但是卢克吃惊的是他的手——上面沾满了深褐红色的东西，像是快干的血液。埃尔斯沃思果然直接上了楼，不一会儿，大厅的灯也熄掉了。

卢克又等了一会儿，才小心翼翼地爬到大厅，仍旧从窗口爬出去。出去之后，他又抬头看看，但是屋子里漆黑而安静，他深深吸一口气，心想："那家伙真是疯了！不知道他刚才到底去做什么了？我敢打赌，他手上一定是血！"

他绕了点路回阿什庄园，正要转进小巷子时，树荫下忽然走出一个穿黑斗篷的影子。看起来怪异极了，卢克觉得自己仿佛连心跳都停了。一会儿，他才看清头巾下那张苍白的长脸。"布丽吉特？你真是吓坏我了！"

她严厉地说："你到什么地方去了？我看到你出门了。"

"所以就跟在我后面？"

"没有，你走得太远了，我只好在这里等你回来。"

"太傻了。"卢克喃喃道。

布丽吉特又不耐烦地重问一次："你到什么地方去了？"

卢克愉快地说："查查咱们的埃尔斯沃思先生家有什么秘密。"

布丽吉特吓了一跳："你——有没有发现什么？"

"很难说,不过我对那家伙的胃口更了解了些,还发现三件也许有用的情报。"她专心聆听他搜查的结果,最后他说:

"这都是很小的证据。不过布丽吉特,我正要走的时候埃尔斯沃思回来了,我告诉你——这家伙真的是疯了!"

"你真的这样想?"

"我看到他的脸,真是——太难形容了!天知道他刚才搞了什么鬼!兴奋得像什么似的,而且手上还——我敢发誓——沾满了血。"

布丽吉特颤抖着喃喃地说:"太可怕了。"

卢克生气地说:"你不该自己一个人出来,布丽吉特,太不小心了,说不定有人会把你打昏。"

她颤抖地笑了笑说:"你也一样啊。"

"我会照顾我自己。"

"我也很会照顾自己,你说过,我很坚强,很冷酷无情。"

一阵冷风吹来,卢克忽然说:"把那个鬼斗篷拿掉。"

"什么?"

他出其不意地扯掉她的斗篷,一把甩开。冷风把她的长发直往上吹。她看着他,呼吸变得急促起来。卢克说:"你真的只要再配上一把扫帚就够了,布丽吉特。我第一次看到你就有这种感觉。"他又凝视了她一会儿才说,"你是个残忍的魔鬼。"然后不耐烦地叹口气,把斗篷扔还给她,"喏,穿上,我们回家了。"

"等一下。"

"为什么?"

她走近他,用低沉而略带急促的声音对他说:"因为我有话要告诉你,这也是我要在庄园外面等你的原因之一……我要在走进戈登的房子之前告诉你一件事。"

"嗯？"

她发出一声短促而痛苦的笑声，说："很简单，你赢了，卢克，就只有这件事。"

他尖声说："你是什么意思？"

"我是说我已经放弃做惠特菲尔德爵士夫人的念头了。"

他向她走近一步，问道："是真的？"

"是真的，卢克。"

"你愿意嫁给我？"

"不错。"

"我不懂，为什么？"

"我也不知道，你对我说话那么不客气，可是我却好像喜欢你说的话。"

他把她拉进怀中，深深吻着她说："这是个疯狂的世界。"

"你快乐吗？卢克。"

"没有特别快乐。"

"你想你和我在一起会快乐吗？"

"我不知道，但是我愿意试试看。"

"嗯，我也是这么想。"

他挽起她的手臂，说："我们这样实在有点奇怪，亲爱的，回去吧，也许明天早上我们会变得正常一点。"

"对，事情降临在人身上的方式往往有点可怕。"她往下一看，忽然把他推直，说："卢克——卢克，那是什么？"

月亮刚从乌云里出来，卢克低头看着布丽吉特用脚颤抖指着的那团东西。他惊叫一声，把手臂从布丽吉特臂弯里抽回来，跪在地上。他看看那团东西，再看看上面的门柱，柱子上的凤梨不见了。卢克终于站起来，布丽吉特站在一边，用双手捂着嘴。

他说:"是那个司机里弗斯——已经死了。"

"那个该死的石头玩意儿——已经松了一段时间了,大概是风吹下来打到了他。"

卢克摇摇头,说:"风不可能那样。噢!对了,一定是有人希望别人这样想,希望别人以为又是——一次意外!可这是骗人的,又是那个凶手!"

"不!不!天哪!卢克!"

"你知道我在他头后面摸到了什么吗——沙粒。这附近并没有沙子。布丽吉特,你知道吗——有人站在这里,等他从大门回住处时,用力敲昏他,然后把他平放在地上,再把那颗石头做的凤梨从他头上滚过去。"

布丽吉特无力地说:"血,卢克,你手上有血!"

卢克严肃地说:"另外一个人的手上也有血。你知道我今天下午在想什么吗?只要再发生一件命案,我们就一定会知道凶手是谁。现在我们果然知道了!是埃尔斯沃思!他今天晚上出去过,回家的时候满手都是血,还高兴得像跳起来一样——那个杀人狂一定又在得意自己又创造了一件杰作。"

布丽吉特低头看看,颤抖地低声说:"可怜的里弗斯。"

卢克也同情地说:"对,可怜的家伙,他运气太坏了。不过这一定是最后一次了,布丽吉特!我们既然知道凶手是谁,就要抓住他!"

他发现她摇摇欲坠,跑过去搂住她。她用孩子似的声音小声说:"卢克,我好怕。"

卢克说:"过去了,亲爱的,一切都过去了。"

她喃喃道:"请一定要对我好,卢克,我受了太多伤害。"

他说:"我们彼此都伤害过对方,以后再也不会了。"

第十七章　惠特菲尔德爵士如是说

托马斯医生坐在诊室桌子后面看着卢克,说:"了不起,真了不起!你这话当真?菲茨威廉先生。"

"一点儿也不假,我肯定埃尔斯沃思是个危险的疯子。"

"我没有特别注意过那个人,不过我相信他可能有点不正常。"

"我还有一个更好的想法。"卢克严肃地说。

"你真的觉得里弗斯是被人杀死的?"

"不错,你有没有注意到伤口有沙粒?"

托马斯医生点点头,说道:"你告诉我之后,我又查看了一次,你的看法的确没错。"

"那不就证明这个人确实是被人用沙袋击昏的吗?"

"未必。"

"你指的是什么?"

托马斯医生靠在椅背上,交叠着双臂,说:"如果里弗斯白天曾经在沙滩上躺过——附近有几个沙滩——头发里也可能有沙粒。"

"老弟,我告诉你,他是被人谋杀的。"

"就算你这么告诉我,"托马斯医生冷淡地说,"也未必就是事实。"

卢克忍住怒气,说:"我说的话你大概一句也不相信吧。"

托马斯医生笑笑——亲切而高傲的笑,说道:"你必须承认,菲茨威廉先生,你的故事实在有点不可思议。你假定埃尔斯沃思这个人杀了一名女仆、一个小男孩、一个喝醉酒的酒店老板、我的对手,最后又杀了里弗斯。"

"你不相信?"

托马斯医生耸耸肩,说道:"我对亨伯比的案子稍有认识,我觉得埃尔斯沃思不可能害死他,我真不知道你有什么证据可以证明他是凶手。"

"我不知道他是怎么下手的,"卢克承认,"可是一切都跟平克顿小姐的故事完全吻合。"

"对了,你还假定埃尔斯沃思跟踪她到伦敦,然后用车子压死她,这根本也没有任何证据!你说的全都是——胡思乱想!"

卢克严肃地说:"现在我既然知道事情的真相,就一定要找出证据来。明天我要到伦敦去看一个老朋友,前几天报上说他被任命为副警长。他了解我,一定相信我的话。我敢肯定,他一定会下令彻底调查这件事。"

托马斯医生若有所思地抚着脸颊说:"噢,想必你一定会很满意。可是万一结果证明你错了——"

卢克打断他的话,说:"你就连一点也不相信?"

"相信有人杀了这么多人?"托马斯医生扬扬眉,"老实说,菲茨威廉先生,我的确不相信,这件事太不可思议了。"

"也许是很不可思议,可是前后却很一致,只要你相信平克顿小姐的故事,就会发现其他事都很吻合她的话。"

托马斯医生摇摇头,唇边浮起一丝笑意,喃喃地说:"要是你跟我一样了解那些老小姐——"

卢克极力抑制着自己的怒气，说："无论如何，你还算有名，如果世界上有个'多疑的托马斯'，你真是当之无愧。"

托马斯和善地答道："亲爱的朋友，我只要求你给我一点证据，不要光听信一个老小姐自以为是的可笑故事。"

"可是老小姐认为自己看到的事常常是对的。我的米尔德丽德姑姑就非常了不起，你有姑姑吗？托马斯。"

"嗯——呃——没有。"

"真是太遗憾了！"卢克说，"每个人都应该有姑姑，才能了解臆测更胜过逻辑。老姑姑往往会知道某先生是个骗子，因为他像她家从前那个狡猾的管家。别人都说像某先生那么可敬的人不会是骗子，结果老姑姑的猜测才是对的。"

托马斯医生又露出那种自命不凡的微笑。

卢克的火气忍不住又冒上来："你难道不知道我也当过警察吗？我可不外行。"

托马斯医生笑笑，喃喃地说："在马扬海峡当过警察。"

"犯罪就是犯罪，不论在什么地方都一样。"

卢克勉强压制着怒火离开托马斯医生的诊所。跟布丽吉特碰面之后，她问："怎么样？进行得顺利吗？"

"他不相信我的话，"卢克说，"不过也难怪，这件事太不可思议，又毫无证据，像托马斯医生这种人当然不会轻易相信。"

"别人会相信吗？"

"也许不会，不过等我明天找到比利·博恩斯，事情就会有转机了，他们会调查咱们那位长头发的朋友——埃尔斯沃思，最后一定会有所收获。"

布丽吉特沉吟道："事情已经很公开了，对不对？"

"迟早都免不了。我们不能——不能再让凶手杀任何人了。"

布丽吉特颤抖着说："你一定要小心，卢克。"

"我一直都很小心。不能走近有石头凤梨柱子的大门，黄昏时候不要走近偏僻的树丛，吃喝都要小心……这些手段我都知道。"

"想到你受到凶手注意真是可怕。"

"只要凶手不注意你就好了，亲爱的。"

"也许不会。"

"大概不会，不过我不想冒险，我要像古老的守护天使一样牢牢盯着你。"

"向本地警方报案有用吗？"

卢克想了想，说："不，我看没用，最好直接找苏格兰场。"

布丽吉特喃喃地道："平克顿小姐就这么想。"

"对，可是我会小心的。"

布丽吉特说："我明天有一件事要做——叫戈登陪我一起到那个禽兽的店里买东西。"

"好确定咱们的埃尔斯沃思先生没在后面跟踪我？"

"对，就是这个意思。"

卢克有点尴尬地说："惠特菲尔德怎么办？"

布丽吉特迅速说："等你明天回来之后，我们再宣布这件事。"

"你想他会不会很生气？"

"这——"布丽吉特考虑了一下，答道，"他会很不高兴。"

"不高兴？老天！说得太轻松了吧？"

"不，你知道的，戈登不喜欢别人惹他不高兴，这件事会使他很不安。"

卢克严肃地说："这样我觉得很不自在。"

这天晚上当他准备听惠特菲尔德爵士第二十次谈自己的事时，这种感觉更是强烈。他承认，住在别人家，却偷了别人的未婚妻，实在是可耻的行为。不过他还是觉得像惠特菲尔德爵士这样一个大腹便便、傲慢、神气十足的小傻子，实在不该奢望娶到布丽吉特。可是由于良心的谴责，他反而更加热心倾听，主人对他真是满意极了。这天晚上，惠特菲尔德爵士心情特别好，他那个旧司机的死不但没使他难过，反倒使得他更开心。"早就告诉过你们，那家伙不会有好结果。"他得意扬扬地举起酒杯，眯眼透过杯子望着对面。

"我昨天晚上不是告诉过你们吗？"

"你的确说过，先生。"

"你看，我果然说对了，我常常都会说对，真是奇妙！"

"真了不起。"卢克说。

"我的生活非常奇妙——对，非常奇妙！我一直非常相信'天道'，上天替我把一切障碍都除掉了，这就是我的秘密，菲茨威廉——这就是我的秘密。"

"怎么说呢？"

"我是个有信仰的男人，我相信善有善报，恶有恶报。世界上确实有天理存在，菲茨威廉，你一定要相信！"

"我也相信。"菲茨威廉说。

惠特菲尔德爵士还是像以往一样，对别人的信念不感兴趣，他说："依照你的'创造者'的意思去做，它也会回报你。我一向很正直，也乐善好施，我的钱都是光明正大地赚来的。我没有受过任何人的恩惠，完全是自己一个人努力！你记得《圣经》里以色列的祖先怎么发达起来的吧，上天给了他们好多牛、羊，也替他们把敌人除掉。"

卢克伸个懒腰,说:"对极了,对极了。"

"真是神奇——真是太神奇了!"惠特菲尔德爵士说。

"我是说,一个正直的人的敌人被打倒的方式真是太神奇了!看看昨天,那家伙对我破口大骂,甚至想伸手打我,结果怎么样呢?他今天到什么地方去了呢?"他得意地顿了顿,又用强调的声音回答自己道。"死了!被神圣的花冠打死了!"

卢克睁开一点眼睛,说:"只多喝了一杯酒就这么惩罚他,实在太严厉了点。"

惠特菲尔德爵士摇摇头,说:"这是一定的,报应来得既快又可怕,有一个高高在上的主管理这种事。你记得那些嘲笑先知以利沙的小孩吗?结果都被熊吃掉了。就是这么回事,菲茨威廉。"

"我总觉得那样报复太过分了。"

"不、不,你的观念不对,以利沙是个了不起的圣人,任何嘲笑他的人都不应该活下去,我就是因为自己的情形才知道的。"卢克露出困惑的表情,惠特菲尔德爵士放低了声音,说:"本来我几乎也不敢相信,可是每次都碰到这种情形,我的敌人都一个个被打倒、消灭了。"

"消灭?"

惠特菲尔德爵士轻轻点点头,又喝了一口葡萄酒:"每一次都这样。有一次,情形跟以利沙很像——也是个小男孩,他在我这里工作,我在花园里碰到他,你知道他在干什么?模仿我!他居然敢模仿我!讥笑我!神气十足地抬头挺胸大步走!还有一群人在旁边看。他居然敢在我自己的土地上嘲笑我!结果你知道他怎么样了吗?不到十天,他就从楼上窗户跌下来摔死了!

"后来是那酒店主人卡特——醉鬼一个,又爱乱骂人,居然到这里来骂我！结果呢？一个礼拜之后就在小河里淹死了。再说那个女仆，她指着我鼻子骂我，结果很快就遭到报应——不小心喝到了毒药。这种情形真是太多了，亨伯比胆敢反对我的用水计划，后来也血中毒死了。噢，这种情形有好多年了。再拿霍顿太太来说，她对我太没礼貌，没多久也死了。"

他停一停，把葡萄酒罐递给卢克，说道："怎么样，这些对我不好的人都死了，很奇妙，不是吗？"

卢克凝视着他，心头忽然起了一种恐怖而难以相信的疑云。他用一种崭新的眼光打量坐在桌子主位的那个矮胖的男人——他正对卢克轻轻点头，那对金鱼眼还带着无忧无虑的笑意看着他。

卢克脑中迅速闪过许多片断的回忆，霍顿少校说："惠特菲尔德爵士非常亲切，派人送了些他家的葡萄和桃子来。"惠特菲尔德爵士也特地安排汤米·皮尔斯到图书馆做擦窗户的工作，亨伯比医生去世前不久，惠特菲尔德爵士到威勒曼实验室参观过那些细菌培养工作……

一切都指出一件很明显的事，而他这个傻瓜却始终没有起疑心。

惠特菲尔德还在微笑——安详而愉快的笑，并且对卢克轻轻点头，说："他们全都死了。"

第十八章　伦敦拜访

威廉·欧辛顿爵士早年被密友称为"比利·博恩斯"。此刻他不敢相信地看着他的朋友，悲哀地问："马扬海峡的罪案还不够多吗？你非得回来插手管我们的事？"

"马扬海峡还没有人连续杀过这么多人，"卢克说，"我现在追查的凶手至少杀了半打人——而且逍遥法外，一点都没受人怀疑。"

威廉爵士叹口气，说道："真有这种事？他专门杀什么人，阔太太？"

"不，不是。目前他还没有真的认为自己就是上帝，可是也快了。"

"疯了？"

"我想毫无疑问。"

"噢，可是在法律上说他也许不算疯。你知道这两者之间还是有差别。"

"我相信他了解自己行为的性质和结果。"卢克说。

"一点没错。"比利·博恩斯说。

"好了，现在先别拿法律来推托，还没到那个阶段，也许永远也不会。老哥，我只要求你找出几件事实。德比赛马那天下午五点到六点之间发生了一件车祸，有位老太太在白厅街被车子压死，车子却没有停下来，这位老太太叫拉维妮亚·平克顿。我要你尽可能找出一切有关的事。"

威廉爵士又叹口气，说道："我马上就可以替你找出来，二十分钟应该够了。"

的确，不到二十分钟，卢克就和主办那个案子的警官当面交谈了。那人指指卢克手上的纸，说："是的，先生，详细情形我都记得，完全写在这上面了。"又说，"验过尸了，萨切维诺先生是验尸官，他认为是司机的错。"

"有没有抓到？"

"没有，先生。"

"是什么牌子的车？"

"好像应该是辆劳斯莱斯——一个司机开的大车。证人全部同意看到的是劳斯莱斯。"

"不知道车号？"

"没有，很不幸，没人想到要记车号。有人报告说是ＦＺＸ4498，可是一定是弄错了。有个女人看到这个号码，告诉另外一个女人，那个女人再告诉我。不知道是不是第二个女人听错了，反正没用就是了。"

卢克严厉地说："你怎么知道没用。"

年轻警官微笑道："ＦＺＸ4498是惠特菲尔德爵士的车号，发生车祸的时候，爵士的车子停在伯明顿屋外面，司机正在喝茶点，他有充分的不在场证明，所以不可能是凶手，一直到六点三十分爵士出来的时候，车子都没有离开那幢大厦。"

"我懂了。"卢克说。

"每次都是这样，先生。"那人叹息着说，"警察赶到现场办案之前，一大半目击者都不见了。"威廉爵士点点头，"我们猜想肇事车子的车号也许和ＦＺＸ4498很相像——譬如前两个字母也是4，曾经尽了一切力量，调查所有车号类似ＦＺＸ4498的车子，可是车主都有充分的不在场证明。"

威廉爵士用疑问的眼神看了看卢克，卢克摇摇头。威廉爵士说："谢了，邦纳，没别的事了。"

那名警官离开之后，威廉爵士问他朋友："到底怎么回事？老弟。"

卢克无可奈何地说："一切都完全符合，拉维妮亚·平克顿准备向苏格兰场报告这个邪恶的杀人凶手的一切，我不知道你们到底会不会听她的——也许不会。"

"也许会，"威廉爵士说，"我们有时候的确是从一些闲话中得到消息。我可以保证，我们绝对不会轻视那种事。"

"凶手也这么想，所以不愿意冒险。他撞死了拉维妮亚·平克顿，结果虽然有机警的女人记下他的车号，却没有人相信她。"

威廉爵士从椅子跳起来，"你不会是说——"

"不，我就是这个意思。我敢跟你打任何赌，压死她的人就是惠特菲尔德。我不知道他是怎么办到的，司机出去吃茶点了，他或许悄悄把车子开走，穿上司机制服，戴上司机帽子什么的，反正是他干的没错，比利。"

"不可能！"

"未必，就我所知，惠特菲尔德爵士至少干了七件谋杀案，也许还不止这个数目。"

"不可能。"威廉爵士说。

"亲爱的老哥，他昨天晚上还对我吹嘘呢！"

"这么说，他疯了？"

"他是疯了，可是他也是个狡猾的魔鬼。你一定要小心，不能让他知道我们对他起了疑心。"

威廉爵士喃喃地道:"真叫人不敢相信!"

卢克说:"可是的确是真的!"他把一只手放在他朋友肩上,"听我说,比利老哥,我们一定要马上办这个案子,我把所有事实一一告诉你。"

于是两个人热烈地长谈起来。

次日早上,卢克又回到威奇伍德。他一早就开车上路了。本来昨天晚上应该可以启程的,可是他觉得在目前的情形下,无论睡在惠特菲尔德爵士屋檐下,或者接受他的款待,都令他觉得厌恶不已。回程途中,他先在韦恩弗利特小姐那儿停好车。女佣打开门,惊讶地看着他,不过还是把他引进韦恩弗利特小姐正在用早餐的小餐厅。她有点讶异地起身迎接卢克。

卢克没有浪费时间,开门见山地说:"真抱歉这时候来打扰你。"他看看四周,女佣已经关上门离开了,"我要请问你一件事!韦恩弗利特小姐。这是私人的问题,可是我相信你会原谅我问这件事。"

"有什么事尽管问,我相信你一定有很正当的理由才会问。"

"谢谢你。"卢克稍微顿了顿,继续说,"我想知道多年前你和惠特菲尔德爵士的婚事为什么取消了?"

她没想到他会问起这件事,脸上不禁涌起红晕,并且用一只手抚着心房,说:"他跟你说了什么?"

卢克答道:"他提到有关一只鸟的事——说有一只鸟的脖子被扭断了。"

"他说了?"她犹豫地说,"他承认了,真奇怪!"

"请你告诉我到底是怎么回事,好吗?"

"好,我告诉你,可是希望你永远别跟他——戈登——提起。事情已经过去了,我不想再翻旧账。"她用祈求的眼光看着他。

卢克点点头,说:"我只想满足我个人的好奇心,绝对不会说出去。"

"谢谢你。"她又恢复了镇定,用平稳的声音说,"事情是这样的,我有一只金丝雀,我非常喜欢它,也许还有点傻兮兮的——不过女孩子都一样,对自己的宠物有点羞答答的。男人一定觉得很生气——我很了解这一点。"

她停下来,卢克说:"是的。"

戈登很忌妒那只鸟,有一天他很不高兴地说:"我相信你喜欢那只鸟胜过我。我就像那个年纪所有的傻女孩一样,把金丝雀放在手指上说:'我爱你当然胜过一个大傻瓜,亲爱的鸟儿,这是当然的事!'接着——噢,太可怕了——戈登一把抢走我手里的鸟,扭断了它的脖子。那一幕真是太可怕了,我永远也忘不了!"她的脸色变得非常苍白。

"所以你们的婚事就吹了?"卢克说。

"对,从那以后,我再也没办法像以前一样爱他。你知道,菲茨威廉先生,"她迟疑了一下,"不只是他的举动——那也许是一时愤怒和忌妒——而是我觉得他很喜欢那样做,所以心里才害怕极了!"

"即使是很久以前,"卢克喃喃地道,"即使是在那个年头!"

她把一只手放在他手臂上,说:"菲茨威廉先生——"

他用严肃、沉稳的眼光迎向她畏惧的眼神,说道:"那些谋杀案都是惠特菲尔德爵士干的,你早就知道,对不对?"

她用力摇摇头,"不能说知道!要是我知道……当然会说出来。我……我只是恐惧和担心。"

"可是你却从来没有暗示过我?"

她忽然痛苦地合掌说:"我怎么能,我怎么能?毕竟我曾经喜欢过他。"

卢克轻轻说:"是的,我知道。"

她忽然转身过去,在手提袋摸索了一下,然后用一条有花边的小手帕压压眼角,接着她又转过身来,眼泪已经干了,她用高贵镇定的声音说:"我很高兴布丽吉特取消了和他的婚事。她要嫁给你吧,对不对?"

"是的。"

"那就合适多了。"韦恩弗利特小姐一本正经地说,卢克忍不住微笑一下,但是韦恩弗利特小姐的面容又变得严肃忧虑起来。她俯身向前,又把一只手放在卢克手臂上,说:"一定要小心,你们两个都要小心。"

"你是指——对惠特菲尔德爵士?"

"对,最好别把你们的事告诉他。"

卢克皱皱眉说:"我想我们两个都不愿意这样。"

"噢,那有什么关系?你好像不知道他已经疯了——失去了理智。他绝对不愿意忍受——片刻也不行!万一她发生什么意外——"

"她不会发生任何意外!"

"对,我知道,可是你要知道,你不是他的对手!他太狡猾、太可怕了!马上带她离开,只有这样才有希望。叫她到国外去,最好你们两个都出国!"

卢克缓缓地说:"她也许出国为好,我要留下。"

"我就怕你会这么说。好吧,无论如何,快叫她离开。记住!马上离开!"

卢克缓缓地点点头,说:"我想你说得没错。"

"我知道自己没错。快叫她走——否则就太迟了。"

第十九章　取消婚约

布丽吉特听到卢克开车回来的声音，于是走到阶梯上迎接他，并且直截了当地说："我告诉他了。"

"什么？"卢克吃了一惊。

布丽吉特马上就发现他的恐慌，问道："卢克，怎么了？你好像觉得很不安。"

他缓缓地说："我以为我们说好等我回来再告诉他。"

"我知道，可是我觉得早说出来早了事。他已经在计划——婚事、蜜月什么的，所以我不得不告诉他！"又用略带责备的口气说，"只有这样才算有风度。"

他承认道："从你的观点来看，的确是的。噢，对，我懂你的意思。"

"我觉得从任何人的观点来看都应该这样！"

卢克缓缓地说："有时候我们实在顾不得风度。"

"卢克，你是什么意思？"

他做了不耐烦的手势，说："我不能现在在这里告诉你。惠特菲尔德有什么反应？"

布丽吉特慢吞吞地说："他表现得太好了，真的，实在太好了。让我觉得好惭愧。卢克，我想我过去只因为他很傲慢，有时候又没什么可取的地方，就低估了他。其实他——可以说是个小巨人。"

卢克点点头，说："对，也许，他是很了不起——在某些我们还没怀疑到的方面。听我的话，布丽吉特，你一定要尽快离开这儿。"

"当然，我今天就收拾行李离开，你开车送我进城，我们可以一起住到贝尔斯旅馆——如果埃尔斯沃思那些同党已经离开的话。"

卢克摇摇头，说："不，你最好回伦敦去，我会马上跟你解释。现在我最好去见见惠特菲尔德。"

"我也这么想，实在有点残忍，不是吗？我觉得自己就像个卑鄙的小淘金者。"

卢克对她微微一笑，说："这是公平交易，你已经对他实话实说了。无论如何，生米已经煮成熟饭了，再难过也没用。我现在就去见惠特菲尔德。"

惠特菲尔德爵士正在起居室阔步来回走着，外表看来，他非常平静，嘴角甚至还带着浅浅的笑意。但是卢克发现他的太阳穴脉搏正愤怒地跳动着，卢克一进来，他立刻转过身，说："噢，你来了，菲茨威廉。"

卢克说："我想即使我说抱歉也没用，那太虚伪了。我承认从你的立场来看，我的行为很恶劣，我也没什么好说的。这世上本来就难免会有这种事。"

惠特菲尔德爵士又开始踱方步，同时摇摇右手，说："不错——不错！"

卢克又说："布丽吉特和我都觉得很对不起你，可是事情就是这样，我们彼此相爱，没什么别的办法，只好把事实告诉你。"

惠特菲尔德爵士停下脚步，瞪了卢克一眼，说："不错，你们是没什么办法。"他的声音非常奇特,他静静站着凝视卢克,轻轻摇摇头,仿佛很怜悯他似的。

卢克尖声问:"你是什么意思?"

"你们没什么办法,"惠特菲尔德爵士说,"已经太迟了。"

卢克向他走近一步,又问:"告诉我,你到底是什么意思?"

惠特菲尔德爵士忽然意外地说:"去问奥诺丽亚·韦恩弗利特好了,她一定了解,她知道发生了哪些事,有一次还跟我谈过。"

"她知道什么?"卢克说。

惠特菲尔德爵士说:"恶有恶报,公理一定要存在。我觉得很难过,因为我喜欢布丽吉特。从某一方面来说,我替你们两人难过。"

卢克说:"你是在威胁我们?"

惠特菲尔德爵士似乎真的吓了一跳,说:"不、不,亲爱的老弟,这件事跟我的感觉无关。布丽吉特幸运地被我选为妻子的时候,曾经答应承担一些责任。现在她却反悔了,人生是无法走回头路的。一个人违背了约定,就必定会遭到报应。"

卢克握紧双拳,说:"你是说布丽吉特会发生不幸?你给我听清楚了,惠特菲尔德,布丽吉特不会发生任何意外,我也一样!要是你打那种主意,还是趁早放弃的好。你给我小心点儿!我对你的底细清楚得很!"

"这跟我没关系,"惠特菲尔德爵士说,"我只是上天的工具,上天命令什么事发生,什么事就会发生。"

"我知道你相信那个。"卢克说。

"事实本来就是这样!任何跟我作对的人都会受惩罚,你和布丽吉特也不会例外。"

卢克说:"这一点你就错了,不管一个人幸运了多久。最后总会碰上霉运,你现在就差不多了。"

惠特菲尔德爵士温和地说:"亲爱的年轻人,你大概不知道自己在跟什么人说话!任何事都伤害不了我!"

"是吗?咱们走着瞧吧。你最好小心自己的举动,惠特菲尔德。"

惠特菲尔德爵士一挥手,声音也变了:"我已经很忍耐了,别逼得我失去耐心,你给我滚出去!"

"我马上走,"卢克说,"我真恨不得飞出去,别忘了,我已经警告过你了。"

他转身快步走出房间,然后上楼在布丽吉特房里找到她,她正在指挥女佣收拾她的衣服。卢克问:"快好了吗?"

"再十分钟就好了。"

因为女佣在,她不方便说出口,就用询问的眼光看看卢克。卢克轻轻点点头,然后回自己房间急忙把衣服扔进手提箱。十分钟后,他又到布丽吉特房间时,她已经收拾好准备走了。他说:"可以走了吗?"

"我都准备好了。"

他们下楼的时候,管家正要上楼,他对布丽吉特说:"韦恩弗利特小姐来看你,小姐。"

"韦恩弗利特小姐?在哪里?"

"和爵士一起在起居室。"

布丽吉特直接来到起居室,卢克紧跟其后。惠特菲尔德爵士站在窗边和韦恩弗利特小姐谈话。他手上拿着一把刀——一把细长的刀。"手工真是精巧,"他说,"是我一个手下从摩洛哥带回来给我的,他在那边当过特约记者。很具摩洛哥特色,是里夫人[①]做的。"他喜爱地用手指摸摸刀身，又说，"真锋利！"

韦恩弗利特小姐尖声说："放下，戈登，看在老天的分上，快放下！"

他微微一笑，把刀子和桌上其他物品放在一起，轻柔地说："我喜欢抚摸它的那种感觉。"

韦恩弗利特小姐失去了平常的镇定，显得紧张而苍白，她说："噢，你在这儿，亲爱的布丽吉特。"

惠特菲尔德爵士笑嘻嘻地说："不错，布丽吉特在这儿。好好看看她吧，奥诺丽亚，她没有多少时间和我们在一起了。"

韦恩弗利特小姐尖声问："你是什么意思？"

"意思？我的意思是说她就要到伦敦去了，不是吗？我就只有这个意思。"

他看看他们，然后说："我有个消息要告诉你，奥诺丽亚·布丽吉特不准备嫁给我了，她比较喜欢这个菲茨威廉！生活真是个奇怪的东西。好了，你们自己聊聊吧。"他走出房间时，手指捏弄着口袋里的钱币叮当作响。

"噢，天哪！"韦恩弗利特小姐说，"噢，天哪！"

她的声音中露出极度的失望，布丽吉特不禁有点诧异地抬头看她。她不安地说："真抱歉！我实在很抱歉！他生气了——气得不得了！噢，天哪，太可怕了！我们该怎么办呢？"

布丽吉特说："怎么办？你是说什么？"

韦恩弗利特小姐用谴责的眼光看着他们两人，说："你们实在不应该告诉他的！"

布丽吉特说："笑话！不然叫我们怎么办？"

[①]里夫人是柏柏尔人的一个族群，居住在摩洛哥北部里夫山区。

"起码现在不能告诉他,应该等你们走了以后再说。"

布丽吉特说:"每个人的看法不一样,我觉得不愉快的事越早解决越好。"

"噢,亲爱的,如果只是那个问题——"她停下来,用眼睛询问卢克。

卢克摇摇头,很小声地说:"还没有。"

韦恩弗利特小姐喃喃道:"我懂了。"

布丽吉特有点不高兴地说:"你有什么特别的事要找我,韦恩弗利特小姐?"

"噢,有,老实说,我是来请你到我家玩玩,因为我想——呃——你住在这里也许不大自在,而且你也许需要几天时间——呃——考虑你们的计划。"

"谢谢你,韦恩弗利特小姐,你考虑得真周到。"

"你知道,你跟我在一起会很安全——"

布丽吉特打断她的话,说:"安全?"

韦恩弗利特小姐有点脸红,马上改口道:"噢,我的意思是说——舒服,你跟我在一起会很舒服。当然,我那里没这么豪华,可是有热水,我那个小用人艾米丽也烧得一手好菜。"

"噢,我相信你那里一切都很好,韦恩弗利特小姐。"布丽吉特客套地敷衍道。

"不过你要是能进城,那当然更好。"

布丽吉特缓缓地说:"不大方便,我姑姑今天一早就去看花展了,我还没机会向她解释。不过我会留个字条告诉她。"

"你要一个人住?"

"对,没人在,不过我可以出去吃饭。"

"你一个人住在那里?噢,老天,要是我就不会那么做。"

千万不要一个人留在那儿。"

"没有人会把我吃掉，"布丽吉特不耐烦地说，"而且我姑姑明天就回来了。"

韦恩弗利特小姐担心地摇摇头。

卢克说："还是住旅馆比较好。"

布丽吉特倏地转身看着他，"为什么？你们到底是怎么回事？好像把我当成低能儿一样。"

"不、不，亲爱的。"韦恩弗利特小姐辩解道，"我们只是希望你小心一点儿，没别的意思。"

"可是为什么？到底发生了什么事？"

"听我说，布丽吉特。"卢克说，"我会告诉你，可是不能在这里说，跟我上车，我们到安静一点儿的地方去。"他看看韦恩弗利特小姐，"我们可以过一小时左右到府上去吗？我有几件事想告诉你。"

"没问题，我在家等你们。"

卢克挽住布丽吉特的手臂，向韦恩弗利特小姐点头致谢，又对布丽吉特说："行李晚点再拿，走吧。"他带她走出房间，穿过大厅，来到前门，替布丽吉特打开车门，布丽吉特上车之后。卢克发动引擎，迅速往前驶去。离开爵士家的大铁门之后，卢克轻松地叹口气，说："感谢上帝，我总算安全地把你从那个地方带出来了！"

"你疯了吗？卢克，干吗那么神秘兮兮的，说什么'现在不能告诉你'？"

卢克严肃地说："唉，你知道，在一个人家里的时候，实在很难指明他是个杀人凶手。"

第二十章　同心协力

好一会儿，布丽吉特一动不动地坐在卢克身边，最后才问："戈登？"

卢克点点头，她又说："戈登？戈登是杀人凶手？戈登就是那个杀人凶手？我这辈子从来没听过这么可笑的事！"

"你觉得这很可笑？"

"对，一点儿都没错，戈登连一只苍蝇都不愿意伤害。"

卢克严肃地说："我不知道，他也许真的不愿意伤害苍蝇，可是他的确杀死过一只金丝雀，而且我相信他也杀过很多人。"

"亲爱的卢克，我实在没办法相信。"

"我知道，"卢克说，"听起来实在很难相信，我也一直到昨天晚上才知道他是凶手，以前从来都没怀疑过他。"

布丽吉特辩解道："可是我了解戈登！我知道他是什么样的人！他实在很可爱——也许有点傲慢，但是也很可怜。"

卢克摇摇头，说："你必须改变对他的看法，布丽吉特。"

"没有用，卢克，我实在没办法相信！你怎么会有这么可笑的念头？你看，两天以前你还很有把握地说凶手是埃尔斯沃思呢。"

卢克有点退让地说："我知道，我知道，你也许在想，我明天说不定会怀疑托马斯，后天又肯定是霍顿。不，我还没那么神经兮兮。我承认,刚听到这个消息谁都免不了会吓一跳,可是你只要仔细想一想,就会发现一切都很吻合。怪不得平克顿小姐不敢告诉村子里的警察,因为她知道他们一定会嘲笑她!只有向苏格兰场报告才有希望解决。"

"可是戈登为什么要杀这么多人呢?天啊,真是太可笑了!"

"我知道,可是你难道不知道戈登·惠特菲尔德自视很高吗?"

布丽吉特说:"他喜欢表现得自己很了不起、很重要,其实完全是他的自卑感在作祟,他很可怜!"

"也许一切就是因此引起的,我不知道。可是你想想看,布丽吉特——你只要用一分钟时间想想。记不记得你曾经跟他开过一个玩笑——大逆不道什么的,你难道不知道他把自己看得比谁都了不起吗?这也跟宗教信仰有关,亲爱的姑娘,他已经疯了!"

布丽吉特思考了一会儿,最后说:"我还是没办法相信。你有什么证据,卢克?"

"他前天晚上亲口告诉我,任何跟他作对的人都一定会死。"

"说下去。"

"实在很难形容我当时的感觉,反正他一副镇定又得意的模样,而且,怎么说呢,他好像认为是理所当然一样,坐在那边得意地独自微笑。真是太可怕了,布丽吉特!"

"说下去。"

"后来他又说出好几个死者的名字,说那些人侵犯了高高在上的他,所以才会死。听着,布丽吉特,他所说的那些包括霍顿太太、艾米·吉布斯、汤米·皮尔斯、哈利·卡特、亨伯比,还有那个司机里弗斯。"

布丽吉特终于动摇了，脸色变得非常苍白，说道："他真的提到了这些人？"

"是真的，现在你相信了吧？"

"噢，我想也只好相信了，他为什么要杀那些人呢？"

"只是为了一些芝麻小事，所以才特别叫人胆寒。霍顿太太骂过他；汤米·皮尔斯模仿他的动作，引得园丁捧腹大笑；哈利·卡特也骂过他；艾米·吉布斯对他没礼貌；亨伯比胆敢公开反对他；里弗斯在我和韦恩弗利特小姐面前威胁过他。"

布丽吉特伸手捂住眼睛，喃喃地说："太可怕了！实在太可怕了！"

"我知道，除此之外还有一些外在的证据。在伦敦碾死平克顿小姐的车子是劳斯莱斯，车号就是惠特菲尔德爵士的车牌号码。"

"那就无话可说了。"布丽吉特缓缓地说。

"对，警方本来以为提供车号的女人弄错了，后来证实的确弄错了！"

"我了解，"布丽吉特说，"碰到惠特菲尔德爵士这么有钱有势的人，别人都会相信他的话。"

"对，平克顿小姐的难处可想而知。"

布丽吉特沉吟道："有一两次平克顿小姐跟我说过一些奇怪的话，好像想警告我什么，当时我一点都不懂，现在才知道她是什么意思！"

"一切都很符合，"卢克说，"事情往往是这样，就像你一样，每个人刚开始都说不可能！可是只要相信有可能，就会发觉所有事都很吻合，他送葡萄给霍顿太太——而她却以为是护士想毒死她！后来他去拜访威勒曼实验室，一定用什么方法弄到一些培养的细菌，使亨伯比感染上病毒。"

"我真不懂他是怎么做得到的。"

"我也不知道，可是事实就是这样。"

"对，他当然有办法做别人做不到的事，我是说，别人根本不会怀疑他。"

"韦恩弗利特小姐就对他起了疑心，她曾经提到他到实验室去拜访的事，她的口气很自然，可是我相信她是希望我采取行动。"

"这么说，她早就知道了？"

"她很怀疑他，不过因为她曾经爱过他，所以很难启齿。"

布丽吉特点点头，说道："对，这就可以解释好几件事。戈登也告诉我，他们以前订过婚。"

"你知道，她一心希望凶手不是他，可是事实却使她越来越肯定。她想暗示我，可是又不肯做出对他不利的指控。女人是种奇怪的动物。我想从某方面来说，她还是爱着他。"

"即使他甩掉了她？"

"是她甩掉他的。这个故事也真奇怪，我告诉你。"他说出那件暴行。

布丽吉特瞪着他说："戈登真的那么做了？"

"对，你看，他从前早就不正常了。"

布丽吉特颤抖了一下，喃喃地说："这么多年了……这么多年了……"

卢克说，"也许他所杀的人远比我们知道的多，只因为最近他连续杀了好几个人，所以才引起别人注意。大概是成功的次数太多，所以他才鲁莽起来。"

布丽吉特点点头，沉思了一两分钟，然后突然说："那天平克顿小姐在火车上到底说了什么？她是怎么起头的？"

卢克一边回想一边说："她说她要到苏格兰场去，也提到村里的警官，说他是个好人，可是恐怕处理不了谋杀案。"

"她先提到这些的？"

"对。"

"后来呢？"

"后来她说'你很意外，我看得出来，我当初也一样。实在不敢相信。我想一定是自己在胡思乱想。'"

"后来呢？"

"我问她是否肯定她没有胡思乱想，她很平静地说：'噢，不是，第一次也许是，可是第二次、第三次、第四次就不会了。从那以后我就很肯定了。'"

"真了不起，"布丽吉特说，"接下去呢？"

"我就顺着她的口气说我相信她做得没错，但是与此同时，如果有个人像托马斯那样多疑，那就是我。"

"我知道，要是换了我，也一定觉得那个可怜的好老太太很值得同情。后来你们又聊了些什么。"

"我想想看，噢，对了，她提到艾伯康比的案子——你知道，就是威尔斯那个下毒者。她说她本来不大相信他看他的被害者时，眼睛里有一种特别的眼神，但是现在却相信了，因为她也亲眼看到。"

"她是怎么说的？"

卢克皱眉想了一会儿。"她还是用那种优雅的声音说，'当然啦，我本来并不相信报上的报道，可那确实是真的。'我问她什么是真的，她说：'一个人的眼神。'噢，老天，布丽吉特，她的声音那么平静，可是脸上的表情——就像看到一样十分可怕的东西,没办法说出来似的!"

"说下去,卢克,把一切都告诉我。"

"接着她就一一说出受害者的名字——艾米·吉布斯、卡特、汤米·皮尔斯,她说汤米是个讨人厌的男孩,卡特嗜酒如命。又说:'可是现在——就是昨天——换成亨伯比医生了——他是个好人,真的是个好人。'她说如果她直接告诉亨伯比,他一定不相信!一定会捧腹大笑!"

布丽吉特深深叹口气,说:"我懂了……我懂了。"

卢克凝视着她问:"怎么了?布丽吉特,你在想什么?"

"我在想平克顿小姐说过的话,不知道……算了,别管那些,说下去吧。她最后还跟你说了什么?"

那些话给卢克留下深刻的印象,他一直没有忘记,于是他又重复了一遍:"我说,想杀掉好几个人而能逃过法网很不容易,她说:'不对,不对,亲爱的孩子,你错了。杀人并不难,只要没有人怀疑你就没问题。你知道,我要说的那个人就是任何人都不会怀疑的人。'"

布丽吉特打了个冷战,"杀人不难?的确太容易了——她说得一点都没错!怪不得你印象那么深!卢克,我也会忘不了——一辈子都忘不了!像戈登·惠特菲尔德那种人——噢,当然太容易了!"

"可是要证明这件事却没那么简单。"卢克说。

"是吗?我想我也许帮得上忙。"

"布丽吉特,我不许你——"

"你不能阻止我,我不要只顾自己安全躲在一边。这件事我也有份,卢克,做起来也许有危险。不错,我承认是有危险。可是我一定要尽自己的责任。"

"布丽吉特——"

"我管定了,卢克!我要接受韦恩弗利特小姐的邀请留下来。"

"亲爱的,我求你——"

"我知道这对我们两个人都很危险,可是卢克,我们两人都有份,让我们一起来打败那个魔鬼!"

第二十一章　为何你戴着手套穿过田野

韦恩弗利特小姐屋里平静的气氛和刚才车里那种紧张的气氛比较起来，简直有天壤之别。韦恩弗利特小姐对布丽吉特接受她的邀请似乎有点不敢相信，不过她马上显出很好客的态度，表示她的迟疑并非因为不欢迎这个姑娘，而是另有原因。卢克说："既然你那么客气，我觉得布丽吉特还是暂时留在你这儿最好，韦恩弗利特小姐。我会住进贝尔斯旅馆，让布丽吉特留在我的视线之内，绝不能让她进城去住。那里毕竟也出过事。"

韦恩弗利特小姐说："你是说拉维妮亚·平克顿的事？"

"对，你一定会说，任何人住在拥挤的城市里都很安全吧，对不对？"

韦恩弗利特小姐说："你的意思是说，一个人安不安全主要在于有没有人想杀他？"

"不错，我们现在都很依赖所谓文明的善意。"

韦恩弗利特小姐若有所思地点点头。

布丽吉特说："韦恩弗利特小姐，你知道戈登是杀人凶手有多久了？"

韦恩弗利特小姐叹口气，说："亲爱的，这个问题很难回答。我想也许我内心深处早就很肯定了，可是我的脑子却一直想否认。你知道，我实在不愿意相信这件事，所以一直欺骗自己说那只是我在胡思乱想。"

卢克坦白地问："难道你就从来没害怕过吗？"

韦恩弗利特小姐想了想，然后说："你是指如果戈登怀疑我知道他是凶手，可能会想办法除掉我？"

"是的。"

韦恩弗利特小姐温和地说："我当然想到过，也尽量小心自己的言行。不过我想戈登不会真的认为我对他是威胁。"

"为什么？"

韦恩弗利特小姐微红着脸说："我想戈登一定不相信我会做出——对他不利的事。"

卢克忽然说："你甚至还警告过他，是不是？"

"对，我跟他暗示过，那些惹他不高兴的人马上都会发生意外，真是奇怪。"

布丽吉特问："他怎么说呢？"

韦恩弗利特小姐脸上露出担忧的表情，说："他的反应完全出乎我的意料，他好像——好像很高兴似的，真是太奇怪了！他还说，'原来你也看出来了！'我想，他大概觉得很光荣。"

卢克说："那当然，他早就疯了。"

韦恩弗利特小姐迫切地表示同意："是啊，他的确疯了，不可能有别的理由。他大概无法对自己的行为负责任。"她用一只手拉着卢克的手臂，"他们不会吊死他吧，对不对？菲茨威廉先生。"

"不会，不会，我想会送他到布罗德英精神病院去。"

韦恩弗利特小姐叹口气，靠在椅背上，说道："那我就放心了。"她看看布丽吉特，后者正皱眉望着地毯。

卢克说："不过现在离那个阶段还早得很，我已经通知过警方，他们一定会慎重处理这件事。不过你要知道，目前我们掌握的证据实在太少了。"

"我们一定会找到证据的。"布丽吉特说。

韦恩弗利特小姐抬头看着她，眼睛里有一种神情，卢克觉得似乎不久前才在什么地方看过，他努力回想，一时却想不出来。

韦恩弗利特小姐用怀疑的口气说："你好像很有信心，亲爱的，唉，也许你说得对。"

卢克说："我开车到庄园把你的行李带回来，布丽吉特。"

布丽吉特马上说："我也去。"

"我希望你留在这儿。"

"可是我想跟你一起去。"

卢克生气地说："别像妈妈跟着小孩一样跟着我，布丽吉特。我不要你保护我。"

韦恩弗利特小姐喃喃地道："布丽吉特，我真的觉得大白天在车子里不会有什么危险。"

布丽吉特有点不好意思地说："我实在有点傻，这种事让人太紧张了。"

卢克说："有一天晚上，韦恩弗利特小姐护送我回家……韦恩弗利特小姐，承认吧！你当时确实是这个意思，对不对？"

她承认了，并且微笑道："你知道，菲茨威廉先生，你对他一点都没有疑心，万一戈登·惠特菲尔德知道你来的目的纯粹是调查这件事，那就太不安全了。而且那条小路很幽静，任何事都有可能发生！"

"好了，我现在已经知道了，"卢克严肃地说，"我保证不会被他乘虚而入。"

韦恩弗利特小姐不安地说："别忘了，他狡猾得很，比你所想象的更狡猾。他的脑筋实在很聪明。"

"我已经有心理准备了。"

"大家都知道男人很勇敢,"韦恩弗利特小姐说,"可是男人往往比女人更容易受骗。"

"一点儿没错。"布丽吉特说。

卢克说:"说真的,韦恩弗利特小姐,你真的觉得我有危险吗?你觉得惠特菲尔德爵士真的会想办法除掉我吗?"

韦恩弗利特小姐迟疑了一会儿,然后说:"我想最危险的还是布丽吉特,因为她拒绝跟他结婚才是最冒犯他的事。也许他除掉布丽吉特之后,才会把矛头指向你。我想他一定会先对付布丽吉特。"

卢克呻吟了一下:"我真希望你出国去——现在走——马上就走,布丽吉特。"

布丽吉特噘着嘴说:"我不要。"

韦恩弗利特叹了口气,说:"你真勇敢,布丽吉特,我很佩服你。"

"换了你也会一样。"

"也许吧。"

布丽吉特忽然下定决心般地说:"卢克和我会同心协力处理这件事。"

她送他到门口,卢克说:"我安全离开他家之后,会从贝尔斯旅馆打电话给你。"

"好,一定。"

"亲爱的,别太紧张了!就算最老练的凶手也要有点时间拟定计划。我想至少这一两天我们还很安全。贝特督察今天就从伦敦来,他来了以后,惠特菲尔德的一举一动就都在他们掌握之中了。"

"等一切都没问题了,我们就可以退出这幕闹剧了!"

卢克用一只手搂住她的肩膀,严肃地说:"布丽吉特,亲爱的,听我的话,别做任何傻事。"

"你也一样,亲爱的卢克。"

他紧搂了一下她的肩膀,跳上车子,开走了。

布丽吉特回到起居室时,韦恩弗利特小姐正像大多数老小姐一样东摸摸,西弄弄。"亲爱的,你的房间还没准备好,艾米丽正在打扫。你知道我打算怎么样吗?给你泡杯好茶。经过这么多烦心的事,你一定需要喝杯好茶。"

"你真体贴,韦恩弗利特小姐,可我实在不想喝。"

布丽吉特很不喜欢喝茶,因为喝完之后肠胃常会不舒服,但是韦恩弗利特小姐却坚持说她的客人需要喝茶。她匆匆忙忙走出去,大约五分钟后,微笑着端来一个茶盘,上面摆了两个德勒斯登瓷杯装的清香茶水。

"是真正的正山小种。"韦恩弗利特小姐骄傲地说。

布丽吉特只是无力地笑笑。

这时那个笨里笨气,患有甲状腺肿的矮小女佣艾米丽走到门口,说。"小姐,请问你有没有看到枕头套?"

韦恩弗利特小姐快步走出去,布丽吉特赶紧把茶往外一倒,差点倒在正在花坛上的"老呸"。

"老呸"接受布丽吉特的道歉之后,跳上窗台,生病似的咪咪叫着。

"真漂亮!"布丽吉特用手摸摸它的背说。"老呸"竖着直尾巴,更用力地叫,布丽吉特抓抓它耳朵,又说,"乖猫咪!"

这时韦恩弗利特小姐回来了,喊道:"老天,'老呸'一定很喜欢你吧,对不对?小心它的耳朵,亲爱的。它最近耳朵一直痛。"

可是她警告得太迟了,布丽吉特的手已经摸到猫耳朵。"老呸"对她呜呜大叫,猛的挠了一把,之后像尊严受到侵犯似的走开了。"噢,老天,它有没有抓伤你?"韦恩弗利特小姐喊道。

"没什么大不了。"布丽吉特舔舔手背上的那条抓痕说。

"要不要擦碘酒?"

"不用了,没什么,不用小题大做。"

韦恩弗利特似乎有点失望。布丽吉特觉得自己或许有点失礼,又急忙说:"不知道卢克多久会到?"

"别担心,亲爱的,我相信菲茨威廉先生一定会小心照顾自己。"

"嗯,对,卢克很有经验。"

这时电话铃响了,布丽吉特快步过去拿起听筒,是卢克的声音,"喂?布丽吉特吗?我在贝尔斯旅馆,你的行李能不能吃过午饭再送去?因为贝特来了——你知道我说的是谁吧?"

"苏格兰场的督察?"

"对,他想马上跟我谈谈。"

"没关系,你就吃过午饭再拿来好了,顺便把他的看法告诉我。"

"没问题,再见了,亲爱的。"

布丽吉特把听筒收好,又把电话内容说给韦恩弗利特小姐听。然后她打个呵欠,疲倦感已经克服了刚才那阵兴奋。韦恩弗利特小姐发觉了,对她说:"你累了,亲爱的,最好去床上躺躺。不,吃午饭前睡觉也许不大好,我想拿些旧衣服送给附近的一个女人——从稻田那边散步过去,你要不要一起去?刚好可以赶回来吃午饭。"

布丽吉特欣然同意,她们从后门出去。韦恩弗利特小姐戴了顶草帽,有趣的是,她还戴了手套。布丽吉特想:"也许我们会到庞德街去吧。"

韦恩弗利特小姐边走边聊些有趣的乡间逸事。她们穿过两片稻田,一条崎岖的小巷,然后走上一条通往树林的小径。天气很热,布丽吉特觉得走在树荫下很舒服,韦恩弗利特小姐提议不妨坐下来休息一会儿。"今天实在很闷热,你说是不是?我想等一下或许会打雷。"

布丽吉特有点困倦,勉强接受她的建议靠在树干上。她半闭着眼睛,脑中忽然想起一首诗:

噢,你为何戴着手套穿过田野。
噢,没有人爱的白胖女人。

可是这当然和她眼前的景象不合,韦恩弗利特小姐并不胖。布丽吉特把诗改成:

噢,你为何戴着手套穿过田野。
噢,没人爱的灰瘦女人。

韦恩弗利特小姐打断她的思路,说:"你很困了,亲爱的,对吗?"

她的声音很温和、很平常,但却有一种特殊的感觉使布丽吉特倏地张开眼睛。

韦恩弗利特小姐正俯身用热切的眼光看着她,轻轻用舌头舔着嘴唇，又问了一次："你很困了，对吗？"

布丽吉特相信这回没有弄错她的语气，同时突然体会到一件事，立刻对自己的愚钝感到沮丧。她曾经怀疑过事实的真相，可是也仅仅是怀疑而已。她曾经私下悄悄打算加以证实，只是从来没想到自己会遭到任何暗算，她觉得自己一直把内心的怀疑隐藏得很机密，也从来没想到有人会这么快打定主意。傻瓜！比那些人还傻七倍！那杯茶——对了，茶里一定有什么东西，她不知道我根本没喝，我的机会来了，我一定要假装喝了。那杯茶里有什么东西？毒药？或者只是安眠药？她以为我一定很困——对了，就这么办。"她闭上眼睛，假装用很自然、昏昏欲睡的声音说，"我好困好困，真好笑！我怎么会这么想睡！"

韦恩弗利特小姐轻轻点点头，布丽吉特从几乎全闭上的眼缝中看着她，心想："无论如何，我总不会输给她。我的肌肉蛮结实的，她只不过是个瘦弱的老太婆。不过我必须让她把事情经过说出来，一定要让她说出来。"

韦恩弗利特小姐微笑着——那不是善意的笑容，而是非常阴险狡猾，根本不像是人的笑容，布丽吉特想。"她真像山羊，太像了！山羊一向代表邪恶，我现在才了解是为什么。我想对了——我的胡思乱想居然对了！女人受到轻慢对待所引起的愤怒力量实在太大了，一切就是因此引起的。"

布丽吉特又故意喃喃地道："我不知道自己怎么回事，我觉得好奇怪——好奇怪。"

韦恩弗利特小姐迅速看看四周，这地方非常偏僻，离村子也很远，就算再大声叫别人也听不见。附近没有任何房舍。韦恩弗利特小姐开始在她带来的包裹中摸索着——那个包裹本来应该是包旧衣服的，不错，纸裂开了，露出一件柔软的羊毛外套，可是那双戴手套的手仍然在摸索着。噢,你为何戴着手套穿过田野?对了,为什么?她为什么要戴手套?对了!对了!这件事计划得太美了!

最后,韦恩弗利特小姐终于谨慎地拿出一把刀,她拿得很小心,免得擦拭掉刀上原有的指纹——今天早上,惠特菲尔德爵士曾经在阿什庄园的起居室用他那双小胖手摸过的刀——锋利的摩洛哥刀。

布丽吉特觉得有点恶心。她必须拖延时间,对,而且要让这个女人说出事实——这个没人爱的灰瘦女人。应该不会太难,因为她一定想尽情卖弄她的得意杰作,而她唯一能倾诉的对象就是像布丽吉特这种人——就快永远闭嘴的人。布丽吉特用模糊混浊的声音问:"那是什么刀子?"

韦恩弗利特小姐忍不住笑起来——笑得很可怕、很柔和,富于节奏,一点也不像人的笑声。她说:"是替你准备的刀,布丽吉特,给你的!你知道,我恨你很久了。"

布丽吉特说:"因为我要嫁给戈登·惠特菲尔德?"

韦恩弗利特小姐点点头:"你很聪明,太聪明了!你知道,这东西就是对他最不利的证据,别人会发现你被这把刀——他的刀——杀死在这儿,刀子上还有他的指纹!我今天早上要求看这把刀的方式很聪明吧!后来我趁你们上楼的时候,偷偷用手帕把刀子包起来放进口袋。真是轻而易举!不过做这种事本来就很容易,连我自己都不大相信。"

布丽吉特仍然用那种混浊呢喃的声音说:"那是因为你有鬼心眼。"

韦愚弗利小姐又露出那种淑女似的浅浅笑容,用骄傲得可怕的声音说:"不错,我从小就很有头脑,可是他们什么事都不让我做，要我整天留在家里无所事事。后来戈登出现了，虽然他只不过是个鞋匠的儿子，可是他有野心！我知道，我早就知道他一定会出人头地，但是他居然一脚就蹬开了我！就只为了那只鸟，那件可笑的事！"她做了个奇怪的手势，仿佛在扭曲什么东西似的，布丽吉特心头又起了一种恐怖感。

"戈登居然敢甩了我——韦恩弗利特上校的女儿！我发誓一定要报复他！我常常一连好几夜失眠，脑子里始终在想这件事。后来我们越来越穷，连房子都不得不卖掉，结果却被他买下来了！他还自以为给了我多大的恩惠，替我在我自己的老家弄了份工作。那时候我真是恨透他了！可是我从来都没表现出来，我们从小就受到良好的家教。这就是一个人有没有教养的差别。"

她沉默了一会儿，布丽吉特看着她，几乎连呼吸都不敢出声，免得打断她的话。

韦恩弗利特小姐又继续轻轻地说："我一直在考虑应该怎么做。最初我只想到杀掉他。那时候我刚开始一个人在图书馆里静静研究犯罪学。后来我不止一次发现，那些书真是帮了我不少忙。就拿艾米的房门来说，我把她床头的药瓶换好之后，就从外面用钳子把里面的钥匙锁好。她打鼾打得像猪一样！真讨人厌！"她顿了顿，"我想想看，我说到什么地方了？"

布丽吉特培养出来的能耐——最佳听众，也是惠特菲尔德爵士对她着迷的原因——此刻完全发挥了作用。奥诺丽亚·韦恩弗利特也许是个杀人狂，不过也像一般人一样爱夸耀自己。布丽吉特非常适合跟这种人合作，她仍旧用那种昏沉沉的声音说："你说你本来想杀掉他。"

"对，可是我觉得那太便宜他了，没办法让我满足，我一定要做得更漂亮。后来我终于想出这个办法。让他为不是自己犯的罪行受到惩罚，我要使他成为杀人凶手！让他为我犯的罪被吊死，或者判处无期徒刑，那样更好。"她得意地咯咯笑着，笑声非常恐怖，眼中发出奇异的光芒。

"我刚才说过，我看了很多犯罪学的书，所以我懂得小心选择替死鬼，起先没什么人怀疑。你知道的，"她压低了声音，"我觉得杀人很有意思。那个讨厌的女人——莉蒂亚·霍顿——以为自己给了我多大恩惠，有一次居然说我是'老处女'。戈登跟她吵架的时候，我非常高兴，我想：'太好了，一石二鸟。'真有意思，我坐在她床边把砒霜放进她茶里，再走出去告诉护士，说霍顿太太抱怨惠特菲尔德爵士的葡萄有苦味！可是那个蠢女人没告诉别人，真是太可惜了。

"后来，我一听到戈登和什么人结怨，马上就安排那个人发生意外，真是太简单了！他真是个傻子——傻得叫人不敢相信！我让他以为他有某种特殊的天赋，任何人跟他作对都不会有好下场，他居然马上就相信了。可怜的戈登，他什么事都相信！真是太容易上当了！"

布丽吉特想到自己也曾轻蔑地对卢克说："戈登！他任何事都相信！"容易吗？真是太容易了！可怜傲慢而又轻信别人的小戈登。

但是布丽吉特还需要知道更多，这也很简单，这些年来当秘书的经验让她学会了这套本事，平静地鼓励老板多谈自己。现在，她眼前这个女人迫不及待地想吹嘘自己有多聪明，于是布丽吉特又喃喃地说："可是你怎么有办法成功那么多次呢？我真搞不懂。"

"噢，太简单了，只要好好计划一下就够了！艾米被阿什庄园解雇之后，我马上雇用她。我觉得使用帽漆这一招实在很高明,而且她把房门从里面锁上,我就更不用担心了。不过当然啦,我本来就一直很安全,用不着担心,别人根本想不出我有什么动机。既然没有杀人动机,别人当然不会怀疑我是凶手。卡特也很容易就被解决了,他一个人在雾里跟跄地走着,我在小桥上赶上他,随手一推就把他解决了。你知道,我其实不怎么虚弱。"

她顿了顿,又发出那种可怕的笑声。"这整件事实在太有意思了!我永远忘不了那天把汤米从窗台上推下去的时候,他脸上的那种表情!他一点儿都没想到!"她神秘兮兮地凑到布丽吉特面前说,"要知道,人其实笨得很,不过我以前从来没发现。"

布丽吉特轻声说:"那当然,你实在太聪明了。"

"对、对,也许你说对了。"

布丽吉特说:"亨伯比医生——一定比较困难吧。"

"对,那次能成功真是意外。当然,也可能会失败。那一阵子,戈登得意扬扬的跟每个人谈起他去威勒曼实验室的事,我想只要能设法使别人把他那次行程和以后的事联想在一起就好——'老呸'的耳朵很脏,经常流脓,我想办法用剪刀戳伤医生的手,装出很难过的样子,坚持要替他包扎伤口,他不知道我用的纱布已经先碰过'老呸'的耳朵。我只是碰运气,没想到居然成功了。当时我非常高兴——尤其'老呸'又是拉维妮亚的猫。"

她脸色变得黯淡起来:"拉维妮亚·平克顿!她居然猜到是怎么回事!那天是她发现汤米的尸体。后来戈登跟老亨伯比吵架的时候,她逮到我看亨伯比的眼神。当时我正在想要怎么解决亨伯比,一回头却发现她在看我,我一时疏忽,就露出心里的秘密,我发现她知道是怎么回事,虽然明知她没办法证明什么,我还是很担心,万一有人相信她的话就糟了。我想苏格兰场可能会相信她的话,也猜出她当天一定是到那里,于是就搭同一班火车跟踪她。

"杀她也非常容易,她站在安全岛上等车子过去的时候,我用力推了她一把,我壮得很!她马上就被一辆车子当场压死。我告诉我身边那个女人,说我看到车号,然后把戈登那辆劳斯莱斯车子的号码告诉她。我希望她会告诉警方。幸运的是,那辆车没有停下来,大概是司机偷开主人车子出来兜风。不错,我很幸运,我的运气一向都很好。那天他和里弗斯争吵的那一幕,卢克·菲茨威廉刚好可以做证人。我一直引他往这个方面想,真有意思!奇怪,要他对戈登起疑心真困难,不过里弗斯一死,他就一定会怀疑戈登了。他一定会!现在——哈,我要漂漂亮亮地了结这件事了。"

她站起来,走向布丽吉特,一边轻柔地说:"戈登甩了我,却想娶你做老婆!我这辈子一直很失望,我什么都没有……什么都没有……"

噢,没有人爱的灰瘦女人——

她微笑着俯身靠近她,眼里闪烁着疯狂的光芒,手里的刀子也在闪闪发光。

布丽吉特用尽全身力气纵身一跃,像只山猫似的扑在那个老女人身上,把她撞倒在地上,抓住她的右腕。

奥诺丽亚·韦恩弗利特惊讶之余,一时跌坐在地上,可是愣了一下之后,她也马上开始还击。她们两人的体力相当,布丽吉特年轻健康,因为经常运动,她的肌肉锻炼得很结实。奥诺丽亚·韦恩弗利特身材瘦弱,可是有一点布丽吉特却没想到——奥诺丽亚·韦恩弗利特疯了,疯子的力量是很大的。她像魔鬼似的打斗,而她那种疯狂的力量胜过布丽吉特。两人你来我往地扭打着。布丽吉特拼命抢她的刀子,对方也死命抓住不放。可是渐渐的,这个疯女人开始占了上风。布丽吉特不禁大声喊:"卢克!救救我!救救我!"可是没有人能救她,这里只有她和奥诺丽亚·韦恩弗利特两个人。她用尽全力抓住疯女人的手腕,最后终于听到刀子掉在地上的声音。紧接着,奥诺丽亚·韦恩弗利特的两只手疯狂地掐住她的脖子,她咳呛着最后呼救了一次。

第二十二章　亨伯比太太如是说

贝特督察给卢克留下了很深刻的印象。贝特督察看起来很顺眼，宽阔的红脸上有一把漂亮的胡须。乍看之下，他似乎没什么特别之处，可是再看一眼就会发现，他的眼神非常精明锐利。卢克并没有看走眼，他以前也碰到过这种人，知道这种人值得信赖，而且工作一向很有成效。除了这种人，再也找不到更理想的人来办这个案子了。等到只剩下他们两人时，卢克说："这种案子请你来处理，实在有点大材小用。"

贝特督察微微一笑，说："这件案子也许很严重，菲茨威廉先生，碰到跟惠特菲尔德这种大人物有关的事，我们不希望犯任何错误。"

"说得对，只有你一个人来吗？"

"噢，不是，还有一位巡官。他在另外一家酒店——'七星'，他的工作是盯住爵士。"

"我明白了。"

贝特问："菲茨威廉先生，你觉得这件案已经没什么疑问，可以肯定是他了？"

"由各方面来看，我都觉得不可能是其他人。要不要我把事实一一告诉你？"

"谢谢，不用了，威廉爵士都告诉我了。"

"噢，你的看法怎么样？你大概觉得像惠特菲尔德爵士那种身份的人不可能是杀人犯吧？"

"对我来说，没什么不可能的事。"贝特督察说，"犯罪学上没有不可能的事。我一直这么跟人说。如果你告诉我，一位可亲的老小姐、一个女学生，或者一位大主教是危险的凶犯，我也不会马上驳斥你，我会先调查清楚。"

"既然威廉爵士把以往的事告诉你了，我只要再告诉你今天早上的事就好了。"卢克说。

于是他简单扼要地说出今天早上和惠特菲尔德爵士那一幕，贝特督察兴趣浓厚地听着。

最后贝特督察说："你说他用手指摸过一把刀，他有没有特别提到什么作用？菲茨威廉先生，他有没有拿刀威胁你们？"

"没有明说。他用有点卑鄙的态度玩弄刀锋——我实在不喜欢他那种如同审美一样的得意样子。我想韦恩弗利特小姐一定也有同感。"

"就是你说的那位从小就认识惠特菲尔德爵士，还跟他订过婚的女士？"

"对。"

贝特督察说："我想你可以放心那位小姐，菲茨威廉先生，我会派人严密保护她。另外，杰克森也会盯住爵士，应该不会再发生什么意外了。"

"你让我心里轻松多了。"卢克说。

督察同情地点点头："我知道你的处境很困难，菲茨威廉先生，你一定很担心康威小姐的安全。你知道，我不认为这是个单纯的案子，惠特菲尔德爵士一定很狡猾，他也许会安静一阵子，不到最后阶段，他不会再轻易下手。"

"怎么才算最后阶段呢？"

"有一种罪犯以为自己聪明得很，别人都笨得不得了。如果惠特菲尔德爵士也形成这种心理，我们当然就会抓住他的马脚。"

卢克点点头，站起来说："好吧，祝你幸运，有什么要我帮忙的事，尽管告诉我。"

"当然。"

"你不打算采取什么行动吗？"

贝特考虑了一下，说："我想目前还不能。我希望先大概了解一下这里的情形，也许我晚上会再跟你谈谈，行吗？"

"那再好不过了。"

"到时候我会对事情有进一步的了解。"

卢克仿佛觉得安心了些，其实很多人和贝特督察谈话之后，都有这种感觉。卢克看看表，吃午饭前是不是该去看看布丽吉特呢？他想，最好不要。也许韦恩弗利特小姐会觉得不好意思不留他吃饭，那或许会给人家造成很多不便。卢克根据以往和自己姑姑相处的经验知道，中年妇女往往喜欢在家务事上小题大做。他在想，韦恩弗利特小姐不知道有没有当过姑姑？也许当过吧。

卢克徒步走到旅馆门口时，一个黑色身影匆匆从街上走过来拦住他，喊道："菲茨威廉先生，"

"亨伯比太太。"他上前和她握手。

她说："我还以为你走了。"

"不，只是换了住的地方，我现在住在这儿。"

"布丽吉特呢？听说她离开阿什庄园了？"

"是的。"

亨伯比太太叹口气："我真高兴她离开威奇伍德了。"

"噢，不，她还在。事实上，她就住在韦恩弗利特小姐家。"

亨伯比太太后退一步，卢克惊讶地发现，她显得非常吃惊，"跟奥诺丽亚·韦恩弗利特住在一起？为什么呢？"

"韦恩弗利特小姐盛情邀请，请她玩几天。"

亨伯比太太打个冷战，向卢克走近一步，把手放在他的胳膊上。

"菲茨威廉先生，我知道自己没权利说什么。最近我遭到一连串不幸，所以也许忍不住胡思乱想。"

卢克温和地问："你想到什么？"

"我觉得——好邪恶！"她看看卢克，发现他只是点点头，没提出任何问题，于是又说，"我一直觉得最近威奇伍德充满了邪恶的事，而且我敢说，一切都是那个女人引起的。"

卢克困惑地说："哪个女人？"

亨伯比太太说："我相信奥诺丽亚·韦恩弗利特是个很邪恶的女人！噢，我知道你不相信我的话，可是别忘了以前也没有人相信拉维妮亚·平克顿的话。可是我和她都有同感，我想她知道的比我更多。你记着，菲茨威廉先生，一个不幸福的女人，能感受到很多可怕的事。"

卢克轻轻地说："也许是吧。"

亨伯比太太马上说："你不相信？是啊，你有什么理由相信呢？我永远忘不了约翰手上绑着绷带从她家回来的那天，虽然他说没什么大不了，只是被猫抓伤了，可是我——"她忽然转身，"再见，别把我的话放在心上，我——我最近有点不舒服。"

卢克目送她离开，不知道她为什么说奥诺丽亚·韦恩弗利特是个邪恶的女人。亨伯比医生和奥诺丽亚·韦恩弗利特以前是朋友吗？亨伯比太太是不是嫉妒她才这么说？她怎么说的来着——"也没有人相信拉维妮亚·平克顿的话。"这么说，拉维妮亚·平克顿一定跟亨伯比太太谈过她心中的猜疑。卢克忽然想起火车上那位老太太忧虑的面容,他仿佛又听到她用着急的声音说:'那个人的眼神——'时,脸上的表情也变了,仿佛清楚地看到什么东西一样。卢克觉得,那一刻她的脸完全不同了,嘴唇张开,露出牙齿,眼睛里有一种奇异窃喜的神情。

他忽然想到:"我不是也在另外一张脸上看过这种表情吗?一模一样的表情,就是最近的事,到底是什么时候?今天早上!韦恩弗利特小姐在庄园起居室就是这样看布丽吉特。"他又突然回忆起另一件事,多年以前,他的米尔德丽德姑姑说过:"你知道,亲爱的,她看起来像白痴一样。"那一刻,她原本正常愉快的脸上,也露出痴呆愚蠢的表情。拉维妮亚·平克顿提到一个男人——不,一个人——脸上的表情,那么,当时她会不会无意间模仿了她所看到的表情——一个杀人凶手看着下一个被害者的表情呢?

卢克不知不觉加快脚步往韦恩弗利特小姐家的方向走去,脑子里有个声音不断地说:"不是'男人'——她从来没说是男人。你以为是男人,那是因为你脑子里一直那么想。可是她的确从来没这么说。噢,天哪,我是不是疯了?不可能,我只是在胡思乱想。不可能有这种事,根本就不合理嘛!可是我一定要看到布丽吉特,一定要知道她平安无事。那对眼睛——那对奇怪的琥珀色眼睛。噢,我疯了,我一定是疯了!凶手是惠特菲尔德,一定是他。他自己亲口承认了的。"尽管这样,他还是忘不了平克顿小姐那一刻模仿出来的可怕、不正常的表情。

矮小的女佣替他开门,对他焦急的神情有点意外。她说:"小姐出去了,是韦恩弗利特小姐告诉我的。我看看韦恩弗利特小姐在不在。"他一把推开她,走进起居室。艾米丽跑上楼,一会儿,上气不接下气地跑下来说:"主人也出去了?"

卢克抓住她肩膀说:"从哪边走的?到什么地方去了?"

她瞪着他,喘息道:"她们一定是从后门出去的,不然我一定会看到。"

卢克跑出门外,穿过小花园,看到有个男人在修剪树篱。

卢克跑上前,努力用自然的声音问了个问题。

那人慢吞吞地说:"两位女士!噢,有,走了一会儿了。那时候我正在树后面吃午饭,她们大概没有看到我。"

"她们从哪边走的?"卢克尽量使声音显得自然,可是对方一边慢吞吞地回答:"从稻田那边去,然后往哪边走就不知道了。"一边睁大了眼睛打量他。

卢克向他道谢之后,立刻拔足飞奔,他越来越觉得危急。

他一定要赶上她们——一定要!他也许真的疯了,也许她们只是随便走走——可是卢克内心却有个声音在催促他,快!快!

他穿过稻田,然后在一条小巷口迟疑着,不知道该往哪边走。就在这时,他听到有人在喊——很微弱,很远,可是绝对错不了——"卢克,救命!"然后又是一声"卢克!"卢克听出叫声发自树林那边,立刻奋不顾身地跑过去。这时又传来更多声音——挣扎、喘息、像要窒息似的咳呛声。卢克及时跑上前,把那个疯女人的手从被害者的喉咙上一把拉开,用力抱住她。她挣扎、口吐白沫、诅咒着,最后终于一阵痉挛,在他有力的手掌下一动不动。

第二十三章　新的开端

"可是我不明白,"惠特菲尔德爵士说,"真的不明白。"

他努力想保持自己的尊严,可是在他傲慢外表之下,却明显地露出令人同情的困惑。他实在没办法相信刚才听到的这些奇怪的事。

"事情是这样的,惠特菲尔德爵士。"贝特督察耐心地说。

"首先,她的家族本来就有点不正常,那种旧式的家庭经常有这种情形,我想她也有那种倾向。其次,她是个野心勃勃的女人,但却一再受到打击,先是她的事业,接着是她的爱情。"他咳了一声,又说,"据我所知,是你甩掉她的。"

惠特菲尔德爵士顽固地说:"我不喜欢'甩掉'这个字眼。"

贝特督察改口说:"是你取消婚事的吗?"

"嗯,没错。"

"告诉我们是什么原因,戈登。"布丽吉特说。

惠特菲尔德爵士微红着脸说:"好吧,既然你们一定要我说,我就说吧。奥诺丽亚有只金丝雀,她很喜欢它,常常用嘴喂它吃糖,可是有一天鸟没有吃她的嘴里的糖,反而拼命啄,她气得不得了,一把抓起鸟,然后扭断了它的脖子!我——从此以后,我再也没办法像以前一样爱她,就告诉她,我觉得我们两个人都错了。"

贝特点点头，说："对，一切就是从那时候开始的，正如她对康威小姐说的，从此以后她就全心全力朝一个目标努力。"

惠特菲尔德爵士不相信地问："你是说她一心要使我成为杀人犯？我真不相信。"

布丽吉特说："是真的，戈登，你不是也觉得也很奇怪，为什么惹你生气的人都马上会死吗？"

"那当然是有原因的。"

"原因就是奥诺丽亚·韦恩弗利特，"布丽吉特说，"戈登，你一定要明白，不是上帝把汤米·皮尔斯从窗口推出去的，其他人也是一样。根本就是奥诺丽亚害死他们的。"

贝特说："你说今天早上有人打电话留了口信给你？"

"对，大概是十二点左右，要我马上到小树林去，因为布丽吉特有话要告诉我。对方还叫我不要坐车，要走路去。"

贝特点点头："一点都不错，那样一来你就完了。别人会发现康威小姐被你的刀子割断喉咙，刀上有你的指纹，而且你当时又在附近出现过！你连一点辩白的机会都没有。任何陪审团都会判你有罪！"

"我，"布丽吉特温柔地说，"我不相信，戈登，我一直都不相信。"

惠特菲尔德爵士冷淡地看看她，然后生硬地说："就拿我的人格和我在村子里的地位来说，我相信任何人都不会相信这种残酷的罪名。"他凛然走出去，顺手把门关上。

卢克说："他根本不知道自己曾经碰到多大的危险。"又说，"告诉我，布丽吉特，你怎么会怀疑韦恩弗利特那个女人。"

布丽吉特解释道："你跟我说戈登就是那个杀人凶手，可是我实在没办法相信！你知道，我对他太了解了，我当过他两年的秘书，我知道他相当傲慢，自视很高，可是我也知道他很仁慈，甚至心软得可笑，连杀只黄蜂都会难过。韦恩弗利特小姐说他杀死她的鸟，这根本不可能，他绝对不会做那种事。他跟我提过是他不想跟她结婚，可是你却告诉我刚好相反！好，就算是吧，也许是自尊心使他不愿意承认被她甩掉，可是那只金丝雀的故事绝对不可能！戈登绝对不会做那种事！他连开枪都不愿意，因为看到动物被杀死他会难过得不得了。

"所以我知道那个故事一定不是真的，至少不完全是真的。要是这样，韦恩弗利特小姐一定说了谎。仔细想想，这个谎话真是太特别了。我忍不住怀疑，她也许还说过其他谎。看得出来，她是个很骄傲的女人，被人甩掉一定严重损害了她的自尊心，她也许会非常生气，很想报复惠特菲尔德爵士——尤其他后来变得有钱又有势。我想，对了，也许她会想到陷害他一个罪名，她心里一定很高兴。接着，我忽然又起了一个奇怪的念头，也许她所说的全部都是谎话呢？我突然看出像她那种女人该多容易愚弄一个男人。也许有点不可思议，可是说不定真的是她杀了这么多人，却让戈登以为是上天在替他复仇。要他相信并不难，我不是告诉过你吗？戈登什么事都相信！我也想到，'她有可能杀那些人吗？结果发现果然有可能！她能把一个喝醉酒的人一把推下河，能把一个小男孩从窗口推出去，艾米·吉布斯死在她家，霍顿太太生病的时候，她也常常去陪她。亨伯比医生比较难一点，我后来才知道'老呸'耳朵化脓。至于平克顿小姐的死我就不懂了，因为我实在想象不出韦恩弗利特小姐穿上司机衣服，开着劳斯莱斯的模样。

"可是我突然想通了，这件事其实最容易！只要从平克顿小姐背后推一把——那么多人站在一起，做起来太容易了。那辆车子没停下来,她又发现了一个新机会,赶快告诉旁边的女人说她看到车牌号,并且把惠特菲尔德爵士车子上的号码告诉那个女人。

"当然,我只是模糊地想了很多事。可是如果戈登不是凶手——而且我确实知道他不是——那么会是谁呢?答案马上就出来了——是个痛恨戈登的人!谁会恨戈登呢?当然是奥诺丽亚·韦恩弗利特。

"接着我想到平克顿小姐曾经肯定地说凶手是男人,那我这一套美丽的理论不是又落空了吗?如果平克顿小姐说得不对,就不可能被人杀死。所以我才要你再正确重复一遍她说的话,结果发现她一次也没用过男人这个词。于是我觉得我想的一定没错,决定接受韦恩弗利特小姐的邀请去住几天,才能查出事情的真相。"

"可是你居然一个字都没告诉我?"卢克生气地问,"亲爱的,你一直那么肯定,而我却一点把握都没有!我只是模糊地怀疑有这种可能。不过我从来没想到自己会碰上危险,以为时间还多的是。"

她打了个冷战后说:"噢,卢克,太可怕了!她的眼睛——还有那种可怕的、阴森森的、一点都不像人声的笑声!"

卢克也轻轻颤抖着说:"我永远忘不了我及时赶到的那一幕!"又转身问贝特:"她现在怎么样了?"

"已经疯了,"贝特说,"你知道,那种人最后都免不了是这种下场,他们没办法忍受自己并没有想象的那么聪明。"

卢克悲伤地说:"唉,我实在算不上好警探!我从来没怀疑过奥诺丽亚·韦恩弗利特。还是你厉害,贝特。"

"也许是,也许不是。你还记得吧?我说过在犯罪学上没什么不可能的事。我还提到过一位老小姐。"

"还有大主教和女学生！你真的觉得这些人都可能犯罪？"

贝特微笑着说："我的意思是说任何人都可能犯罪，先生。"

"除了戈登，"布丽吉特说，"卢克，走，我们找他去。"

惠特菲尔德爵士正在书房忙碌地做笔记，布丽吉特温柔地小声说："戈登，你一切都知道了，能不能原谅我们？"

惠特菲尔德爵士高雅地看着她，说："当然，亲爱的，当然。我了解事实，我是个忙人，所以忽略了你。事实就像诗人吉卜林的名言：'走得最快的人最孤独。'我的人生道路是条孤单的旅程。"他挺了挺胸膛，说，"我肩上负担着很大的责任，必须一个人承担起来。对我来说，没有人能陪伴我或者减轻我的负担。我必须独自走完人生的路，一直到我倒在路边为止。"

布丽吉特说："亲爱的戈登！你真是太可爱了！"

惠特菲尔德爵士皱皱眉，说："这不是可不可爱的问题，我们别再谈这些无聊的事了，我很忙。"

"我知道。"

"我准备马上开始刊登一系列文章，研究各种时代的女人所犯的罪。"

布丽吉特用钦佩的眼光看着他说："这个想法真棒。"

惠特菲尔德爵士呼了口气，说："所以请离开，不要再打扰我。我还有很多工作要做。"

卢克和布丽吉特轻轻走出房间，布丽吉特说："可是他实在很可爱。"

"布丽吉特，我相信你是真心喜欢他。"

"是的，卢克，我相信是的。"

卢克看看窗外："我真高兴就要离开威奇伍德了，我不喜欢这里。亨伯比太太说的对,这里有太多邪恶的事了。我也不喜欢阿什山脊的阴影罩着这个村子。"

"说到阿什山脊,埃尔斯沃思怎么样了?"

卢克有点不好意思地说:"你是说他手上的血是怎么来的?"

"嗯。"

"看情形他们又杀了一只白公鸡。"

"真令人作呕!"

"我想咱们那位埃尔斯沃思先生恐怕会碰上一些不愉快的事。贝特正在计划给他一点小意外。"

布丽吉特说:"可怜的霍顿少校从来没想过要杀他太太,艾伯特先生大概也只是接到一位小姐的和谈信,还有托马斯医生只是个缺乏自信的好小伙子。"

"他是个大笨蛋。"

"你这么说是因为嫉妒他要娶罗丝·亨伯比。"

"他不配娶她这么好的女孩。"

"我一直觉得你喜欢她更胜过我。"

"亲爱的,你这话不是太好笑了吗?"

"不,不见得。"她沉默了一会儿,然后说:"卢克,你现在喜欢我了吗?"

他朝她靠紧些,但是她却把他推开,然后说:"我是说喜欢,卢克,不是爱。"

"噢,我懂了。是的,我喜欢你,布丽吉特,也爱你。"

布丽吉特说:"我也喜欢你,卢克。"

他们彼此有点不好意思地笑笑,就像刚在宴会上建立起友谊的孩子一样。

布丽吉特说:"喜欢,比爱更重要,因为它才能持久,我希望我们之间的感情也能持久,卢克。我不希望我们因为爱而结合之后,又彼此厌倦起来。想跟别人结婚。"

"噢,亲爱的爱人,我懂。你要的是真实感,我也一样。我们的感情一定能够持久,因为是建立在真实的东西上。"

"真的?卢克!"

"是真的,亲爱的。我想这正是我担心爱上你的原因。"

"我以前也担心会爱上你。"

"现在还担心吗?"

"不会了。"

卢克说:"有一段时间,我们曾经很接近死神,现在一切都过去了!从现在起,我们要好好活下去!"

Murder is Easy
Copyright © 1939 Agatha Christie Limited. All rights reserved.
Letter for Chinese Reader, New Star Edition by Mathew Prichard © 2013 Mathew Prichard.
Translation © 2023 arranged by New Star Press, Agatha Christie Limited. All rights reserved.
www.agathachristie.com
AGATHA CHRISTIE, *Agatha Christie*® and the AC Monogram Logo are registered trade marks of Agatha Christie Limited in the UK and elsewhere. All rights reserved.
Published by agreement with ACL.
Simplified Chinese edition copyright: 2023 New Star Press Co., Ltd.

图书在版编目（CIP）数据

逆我者亡/（英）阿加莎·克里斯蒂著；聂婷译. -- 北京：新星出版社，2023.6
（阿加莎·克里斯蒂侦探小说全集：精装典藏版）
ISBN 978-7-5133-4914-7

Ⅰ.①逆… Ⅱ.①阿…②聂… Ⅲ.①侦探小说-英国-现代 Ⅳ.①I561.45

中国国家版本馆 CIP 数据核字 (2023) 第 054939 号

午夜文库
谢刚 主持